승무원 일기

비행 뒤에 숨겨진 비밀스러운 이야기

김연실 (연티리쌤) 지음

언제나북스

일러두기

· 생생하고 친근한 상황 묘사를 위해 국립국어원 표준 표기법에 벗어나거나
  등재되지 않은 '신조어'가 사용됐음을 알려드립니다.

비행 뒤에 숨겨진 비밀스러운 이야기

비행 가기 싫에!!

승무원 일기

김연실(연티리쌤) 지음

언제나북스

♥

contents

1장
비행기요? 수학여행 때 타본 게 전부인데요?

2장
비행 소녀 연티리

3장
짬밥 바이브에 내 몸을 맡긴다

4장
아름다운 비행

비행기의 구조(B 737-800) 총 189 좌석

(항공사마다 기종, 좌석 수 조금씩 달라요!)

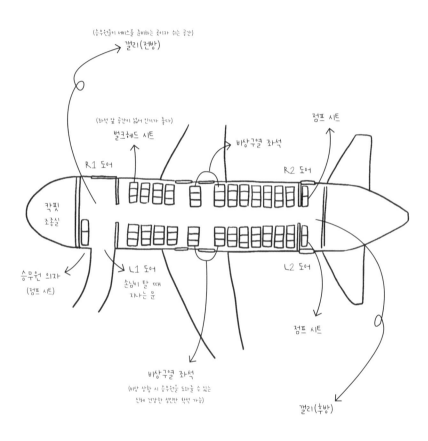

(승무원들이 서비스를 준비하는 곳이자 쉬는 공간)
갤리 (전방)

(좌석 앞 공간이 넓어 인기가 좋다)
벌크헤드 시트

점프 시트

비상구열 좌석

R1 도어

R2 도어

칵핏
조종실

승무원 의자

(점프 시트)

L1 도어

손님이 탈 때
지나는 문

L2 도어

점프 시트

비상구열 좌석

(비상 상황 시 승무원을 도와줄 수 있는
신체 건강한 성인만 착석 가능)

갤리 (후방)

승무원 일기

갤리

(승무원들이 서비스를 준비하는 곳이자 쉬는 공간)

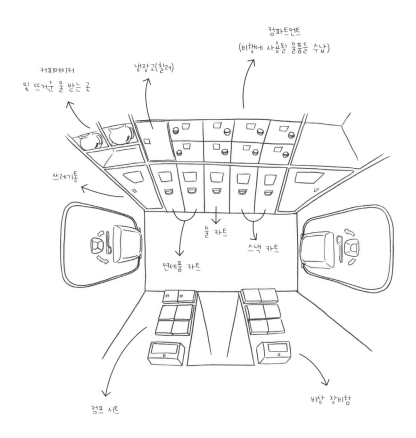

커피메이커
및 뜨거운 물 받는 곳

냉장고(칠러)

컴파트먼트
(비행에 사용될 물품들 수납)

쓰레기통

물 카트

스낵 카트

면세품 카트

점프 시트

비상 장비함

칭찬 도장

2013년 봄, 나는 티웨이 항공 객실 승무원 채용에 지원한 승무원 지망생이었다. 면접까지 야무지게 보고 기분 전환 차, 언니와 중국 하이난으로 여행을 가기로 했다. 바로 그 티웨이 항공을 타고 말이다. 들뜬 마음으로 여행 준비하던 어느 날, 티웨이 항공사의 채용 발표가 났다. 결과는? 합격이었다. 세상이 내게 베푼 그 따뜻한 자비로움에 한껏 취해 소리쳤다.

"언니!!!!! 나 티웨이 합격했어!!!!!!!!"

그렇게 나는 승객이 아닌, 객실 승무원으로 티웨이 항공기에 첫발을 들이게 됐다. 사실 '승무원'이라는 직업은 다른 사람을 돌보는 일이라고 해도 과언이 아니다. 사람과 소통하는 것을 좋아했던 나는 사람들과 끊임없이 소통하며 케어해야 하는 승무원에 아주 적격이었다. 게다가 수백 명의 사람을 착착 정리시켜 안내하고 목적지까지 데려다주는 책임감 있는 모습까지! '그동안 내가 입고 있던 옷은 거적때기였구나, 이것이 진정 내게 딱 맞는 예쁜 옷이구나' 싶었다.

하지만 딱 거기까지였다. 내게 딱 맞던 예쁜 옷은 금세 너덜너덜 해지기 시작했고, 승무원 생활은 녹록지 않았다. 비행 스케줄에 따라 근무 시간이 달라지니 몸은 금방 상했고, 내가 좋아한다고 생각했던 사람들과의 소통은 나의 일방적인 서비스로 끝나며 마음을 다치기 일쑤였다. 그러다 보니 비행이 끝날 때마다 입국 심사대에서 찍어주는 입국 도장은 마치 내게 이번 비행도 무사히 잘 견뎠다고 칭찬해주는 칭찬 도장 같았다. 깨지고, 혼나고, 피곤했을 텐데, 잘 견뎠다고 내 머리를 어루만져주는 도장 말이다.

여권에 가득한 도장들은 5년이라는 지난 시간을 떠올린다. 그 시간 속 힘들었던 시간마저도 이제는 소중하다. 이런 내 자신에게 칭찬 도장을 하나 꾹 찍어주고 싶다. 잘 해냈다, 김연실! 기특하다 김연실!

지금부터 함께여서 행복했고, 때로는 주저앉을 만큼 힘들기도 했던 나의 그 찬란했던 시간으로 이륙하고자 한다.

1장

비행기요?

수학여행 때 타본 게 전부인데요?

화려한 조명을 뒤로 한 채

20살까지만 해도 내 인생에 승무원은 없었다. 나는 고등학교를 졸업하고 수능 점수에 맞춰 원치도 않는 전공으로 입학한 대학에 다니고 있었다. 내가 뭘 하고 있는지, 내가 뭘 원하는지도 몰랐다. 그렇게 마치 정해진 수순이라도 되는 듯이 '아싸' 인생으로 접어들며 내 인생은 망했다는 생각을 했다. 망한 인생, 돈이라도 벌자 싶어서 한 패밀리 레스토랑에서 알바생으로 일을 시작했다.

아니 근데, 이게 웬걸. 손님을 상대하며 서비스하는 일이 어찌나 적성에 맞던지, 이런 천직이 없었다. '망해가던 내 인생에 한 줄기 조명이 나를 화려하게 감싸는구나!'

화려한 조명에 취한 나는 학교도 때려치우고 알바를 하며 신나게 '인싸' 인생을 향해 갔다. 그렇게 정신 차리고 보니 최연소 인턴 직

원, 또다시 정신 차리고 보니 매니저 면접까지 보고 있는 나. 사실 대차게 학교까지 때려치우긴 했지만, 정규직 직원이 아니었기에 불안한 마음이 있었던 게 사실이다. '하늘이 다시 한 번 내게 화려한 조명을 쏘아주는구나! '될놈될'이라더니, 나는 될 놈이었어. 일이 풀리려니 이렇게 온 우주가 날 돕는구나!'

사실 학교에 자퇴서를 제출하던 날 꿈에 점장님이 내게 편지와 무척 예쁜 구두 세 켤레를 주고 가셨다. 심지어 내 발에 꼭 맞기까지 해서 기분이 무척 좋았다. 그 꿈 덕분인지 나는 무사히 매니저가 돼 다른 지점으로 이동했고, 깨달았다. '아, 그때가 좋았구나.'

내가 이동한 지점은 이전에 있던 지점보다 손님이 두 배쯤 됐고, 그만큼 힘들어서인지 직원들이 자주 바뀌었다. 알바생들은 입사 교육도 없이 바로 현장에 투입됐고 일정한 서비스는 꿈나라 이야기였다. 이런 상황이 계속되자 나는 제대로 배우고 싶어졌다. '서비스업을 전문적으로 배우고 더 큰 곳에서 일해보자!' 마침 그즈음 여행을 다녀온 언니가 내게 말했다.

"너도 승무원 해보는 거 어때?"

엥? 웬 승무원? 뜬금없이 무슨 승무원인가 했더니, 언니가 공항에서 본 승무원에게서 내 모습이 겹쳐 보였다는 거다.

"너도 승무원 하면 잘할 거 같더라고."

호오? 언니의 말에 내 귀가 나풀나풀 팔랑이기 시작했다. '오호, 승무원이면 서비스업은 제대로 배울 수 있겠네!'

인생은 정말 한 치 앞도 알 수 없다더니, 그때만 해도 내가 정말로 승무원이 될 거라고는 꿈에도 생각하지 못했다.

내가 승무원이라니!

승무원이라는 목표가 생기자 큰 고민 없이 한 학교의 승무원학과에 지원했고, 운 좋게 바로 합격했다. 승무원의 ㅅ, 비행기의 ㅂ도 모르는 내가 졸지에 승무원 준비생이 된 것이다. 그때까지만 해도 내 앞에는 꽃길만 깔린 줄 알았지. ㅎㅎ 학교를 다니며 승무원 준비생이라면 누구나 그렇듯, 나도 우리나라의 투탑 항공사인 대한항공과 아시아나에 지원했다. 결과는? 불합격. ㅎ '내 꽃길 어디 갔니?'

그렇게 나는 프로실탈러^{프로 실무 면접 탈락자}로 졸업을 맞았다. 그동안은 학교란 울타리 안에 숨기라도 할 수 있었는데, 이제는 떠밀리듯 밖으로 나와 험한 세상에 덩그러니 홀로 놓인 신세가 됐다. 그 당시만 해도 LCC^{Low Cost Carrier} 저비용 항공사들은 규모가 작았던 시절이라 당연히 채용 기회도 적었다. 어떤 채용 기회든 무조건 잡아야 했다.

그때 티웨이 항공 채용 공고가 구세주처럼 내게 다가왔다. 하지만 이전의 고배들로 내 자신감은 바닥까지 떨어진 상태. 세상에는 어쩜 어리고 예쁜 사람들이 이렇게도 많은지, 늦깎이 승무원 준비생은 그저 부러울 뿐이었다. 그래도 포기할 수 없다 김연실, 내가 누구던가. 면접장 앞에서 다짐했다. '어차피 떨어질 거라면 미련 없이 하고 오자. 후회 없이 놀다 오자. 김연실, 이 구역의 도른자가 바로 나다.'

"자기소개 바랍니다."

가장 많이 연습한 답변이었다. 자신 있었다.

"저번 회 마감을 등록했던 상품이죠? 이번 상품, '김연실'을 소개해드리겠습니다!"

나를 물건처럼 판매하는 쇼호스트 콘셉트였다. 지금 생각하면 창

피해서 절대 못하겠지만, 그때의 나는 패기가 아주 전쟁에 임하는 장군급이었다. 면접장에 흐르는 어색한 공기를 내가 다 부숴놓겠다는 패기. ㅎ 흑역사는 이렇게 탄생하는 거다. 어려운 게 아니다. ㅎㅎ 그런데 마지막으로 할 말 있냐는 본부장님의 질문에 나는 그만,

"오후 시간까지 면접 일정으로 힘드셨을 텐데, 조금이나마 피로를 풀어드리고자 제 이름으로 삼행시 한번 해보겠습니다. 운 띄워주시겠습니까?"

미쳤다. 주둥이가 마음대로 움직였다. 하지만 이미 시작됐고 멈출 수 없었다. 다행스럽게도 면접관님들이 웃으며 운을 띄워주셨다.

"김!"

"김연실 지원자가 좋아하는 놀이는!"

"연!"

"연날리기입니다! 그럼 면접관님, 연날리기에서 가장 중요한 준비물이 무엇인지 아십니까?"

"실!"

"네! 정답입니다!"

자고로 역사는 반복되는 것이다. 나의 흑역사도 반복됐다. 다만 너무나 빠르게 반복됐을 뿐…. 그렇게 병맛 감성 진하게 남긴 나의 티웨이 항공 면접은 막을 내렸다.

결과는? 합.격.

내가 승무원이라니! 나는 이렇게 다시 한 번 나를 감싼 화려한 조
명에 취하고 말았다.

태산이 높다 하되,
이 산은 무슨 산인고?

화려한 조명에 진하게 취할 새도 없이 본격적으로 승무원이 되기 위한 신입 교육이 시작됐다. 승무원 신입 교육이 빡세다는 건 익히 들어 알고 있었지만, 이건 인간이 겪을 수준이 아니었다. 힘겹게 산 하나를 넘으면 더 높은 산이, 그 뒤에는 더 높은 산이 있었다. 그중에서도 산새가 가장 험하고 최고로 높은 산이 있었으니, 바로 교관님이었다.

'입으로도 싸다구를 때릴 수 있구나, 눈으로도 살벌하게 욕을 할 수 있구나, 그렇구나, 때리지 않아도 이렇게 무서울 수 있구나'라는 것을 몸소 보여주신 교. 관. 님. 면접 때 패기 넘치던 나는 사라지고 교관님 앞에서 우주의 먼지로 파사사삭 부서진 나만 남아있었다.

"정신 똑바로 안 차려?"

　하도 많이 들어 꿈에서도 들릴 것 같았던 교관님의 불호령. 그 당시 신입 교육에서 가장 엄격히 했던 것 중 하나가 단정한 용모를 점검받는 '어피 체크'였다. 매일 긴장한 채 용모를 단정히 해야 했고, 해야 할 공부량도 어마어마했다. 부족한 시간에 쫓기며 미친 듯이 외웠지만, 나의 뇌세포들은 너무나 천진난만할 뿐이었다. 질문에 제대로 된 답을 하지 못해 혼나는 날들이 이어지자, 차마 티는 내지 못했지만 자존감은 바닥을 치며 떨어지고 있었다. 그러던 어느 날,

　"연실 씨, 교육은 어때요? 많이 힘들어요?"

　날 면담하시던 교관님이 물었다. 그동안 맏언니로서 동기들을 이끌어주기는커녕 제일 못 따라가는 내 자신이 한심해서 힘들다는 말도 못하고 있었는데, 무섭기만 하던 교관님의 다정한 한마디에 나는 지질하게 눈물 콧물을 쏟아내고 말았다.

하지만 달라지는 건 없었다. 여전히 신입 교육은 빡셌고, 가장 두려운 안전 교육 테스트 날이 다가오고 있었다. 심판의 날, 하필이면 내가 너무나도 무서워하는 교관님이 눈앞에 떡! 이쯤 되면 그냥 웃음이 난다. ㅎㅎㅎㅎ 교관님의 질문 폭격을 받은 우리는 정신줄과 함께 답변도 안드로메다로 보내버렸다.

"정신 똑바로 안 차려?"

'그래, 이런 건 매일 들어줘야 맛이지.'

이제 안 들으면 섭섭할 지경이었다. 교관님은 다음 테스트에서도 완벽하게 숙지하지 않으면 재시험을 보게 할 거라고 불호령을 내리며 피드백이 적힌 노트를 건네셨다. 교관님이 떠나고 나는 한껏 풀이 죽은 채 교관님의 피드백을 확인했다.

'CCOM 숙지가 매우 향상됨.'

'아니, 교관님! 그렇게 혼내시고는 이렇게 감동 주기 있냐고요!'

그 한마디로 그간의 고생을 전부 보상받은 기분이었다. 나 자신, 너무나 칭찬한다.

칭찬받은 날

칭찬받은 날은
행복해서 잠이 오질 않았다.

비행기요? 수학여행 때 타본 게 전부인데요?

다윈 형,
나는 아닌가 봐요

'누가 인간은 적응의 동물이라고 했나요. 다윈 형, 나는 환경에 적응하며 진화할 수 있는 인간이 아닌가 봅니다.'

승무원 교육 기간 내내 나는 좀처럼 적응하지 못하고 겉돌기만 했다. 화려한 겉모습에 혹해서 승무원을 꿈꿨던 것도 아닌데, 그 이면에 숨어있는 힘들고 어려운 일들에 대해서 미처 생각하지 못한 내 자신이 참 한심했다. 유난히 견딜 수 없던 어느 출근길,

"엄마 나 그만둘까 봐."

"왜 갑자기?"

"그냥…. 적성에도 안 맞는 것 같고…. 생각했던 일이랑 조금 다른 것 같아. 또 내가 좀 뒤처지는 것 같기도 하고…."

"음…. 그래? 그럼 다음에는 뭐하게?"

"그건 생각해봐야 할 것 같아."

"그래? 네 생각이 그러면 그렇게 해."

잔소리 들을 각오로 엄마에게 전화했는데, 엄마의 반응은 내 예상과 전혀 달랐다. 내 결정을 믿어주는 엄마가 고마웠다. 그날은 고민을 털어놓고 출근해서인지 마음이 가벼웠고, 뭔가 마음의 결정을 한 듯해 오히려 덤덤하기까지 했다.

"나, 안전 교육까지만 하고 그만두려고."

내 말을 들은 동기의 입에서 잠시 침묵이 흘렀다. 그리고 잠시 뒤 내 귀에 내리꽂힌 건 동기의 콧방귀였다.

"ㅋㅋㅋ 이 언니 왜 이래! 빨리 매뉴얼이나 외워!"

?? 응???? 동기 사랑 나라 사랑이라더니, 나는 동기에게 그대로

머리채 잡혀, 계획과는 다르게 서비스 교육까지 끌려갔다. 이 정도면 너무나 격한 사랑 아닌가…, 우리 사랑 이제 끝내 제발. 하지만 내 머리채를 휘어잡은 동기는 마지막의 마지막까지 아낌없는 사랑으로 날 이끌었고, 얼떨결에 나는 모든 교육을 수료하고 말았다.

하지만 지금부터가 진짜 시작이었다. 다음 과정인 인턴 과정을 무사히 마쳐야 비로소 정식 객실 승무원이 되는 것이다. '신입 입과 교육'이라고 불리는 이 과정은 이미 공포의 과정으로 익히 알려져 있었다. 인턴 과정 중에 평가 점수가 미달될 경우 앞서 힘들게 수료한 교육들은 내 인생의 스쳐간 개고생의 추억으로만 남고 입사는 취소된다. 설마 진짜로 그렇게까지 할까 싶겠지만, 정말 그렇게 하더라. 실제로 함께 교육을 수료했던 동기 중 두 명이 인턴 과정 중 평가 점수 미달로 짐을 쌌다.

당시 티웨이는 규모가 작은 항공사였지만, 모두들 죽기 살기로 승무원의 꿈을 품고 정말 열심히 했다. 요즘은 너무 편하게 바뀐 것도 같고…… 라떼는 말이야…… 라떼 이즈 호올스…….

2 장

비행 소녀

연티리

죄송합니다봇

드디어 나의 첫 비행 스케줄이 나왔다. 요즘에는 규모가 커져서 CPS$^{Crew\ Portal\ System}$이라는 프로그램으로 스케줄을 언제든 확인할 수 있다. 하지만 그 당시에는 스케줄을 확인하려면 전 승무원의 스케줄이 올라온 pdf 파일로만 확인이 가능했다.(라떼 이즈 호올스……22222)

자신이 비행하게 될 비행 편수와 날짜를 확인하면, 뒤이어 확인하는 것이 바로 함께 비행할 선배님들의 명단이다. 신입 승무원들에게는 이 명단이 최대 관심사다. 신입 승무원들의 천국과 지옥을 가르는 문이기 때문이다.

나도 눈알을 재빨리 굴려 함께 비행하게 될 선배님들의 명단을 확인했다. 그리고 '나는 보았노라! 개망했노라!!!' 하필이면 무섭기로 소문난 사무장님이랑 함께하는 스케줄이었다. '아니 왜? 그게 나여

야만 하나요.ㅜㅜ'

김포−제주 비행이었는데, 심지어 새벽 비행이라 브리핑을 위해 오전 4시까지 출근해야 했다. 거기에 나는 첫 비행이니 그보다도 한 시간 빠른 오전 3시에 출근했다. 어찌나 긴장을 했던지, 밤을 지새우다시피 하고 출근했지만 피곤하지도 않았다.

브리핑 시작 전, 전체적으로 복장과 용모 점검을 받고 군기가 바짝 든 채로 자기소개까지 마쳤다. 생각보다 준비할 것들이 많았다. 지금은 필요 물품 전담 부서인 케이터링 부서에서 필요한 물품을 모두 실어주지만, 그때는 막내 사원이 모두 픽업해 비행기에 가져갔다. 이것저것 정신없이 가방에 챙겨 넣으니 가방이 터질 듯했다.

"비행기에 가져갈 품목은 잘 챙기셨죠?"

"네!"

"그럼 몇 가지 매뉴얼에 관해 질문하겠습니다."

공포의 엘리베이터를 아시는가? 내가 답하면 제일 아래층에 있는 나도 살고 위에 있는 선배들도 모두 살지만, 내가 답하지 못하면 나도 죽고 내 위로 층층이 있는 선배들도 죽는 공포의 엘리베이터. 무조건 제일 아래층에서 내가 답해야 한다. 즉, 내가 답하지 못하면 그날 비행은 함께하는 모든 선배들에게 죄인으로 남는 비행이 되는 거다. 다행스럽게도 나는 질문에 대한 답을 하고 무사히 비행에 오를 수 있었다. 하지만!

"죄송합니다."

"죄..죄송합니다."

"죄송합니다!"

김포와 제주를 왕복하는 두 번의
비행에서 나는 수없이 많은 '죄송합
니다'를 내뱉으며 연신 고개를 숙이
는 '죄송합니다봇'이 돼야 했다.

'감사합니다' 입에 붙이기.

기내 기물들 조심스럽게 다루기.

다음 업무 미리 생각해두고 준비해두기.

첫 비행에서 내가 얻은 교훈들이었다.

비행기에 필요한 물품 품목

볼펜

ID CARD
연티리
YEONTIRII

승무원 등록증

앞치마
(주름은 허용되지 않는다.)

승무원 업무 매뉴얼
(CCOM)

기내 방송 매뉴얼
(CCAM)

모바일로 변경됨.

개인용품 (화장수, 향수, 메모지,
스타킹 여분 등 개인이 필요한 것)

여권 (없으면 국제선 못 감.)

기내화(기내에서 신는 낮고 편한 구두.)

대 한 민 국
여 권

승무원은 둘만 모여도
접시가 깨진다

승무원은 1년 단위로 의무 정기 교육을 받아야 승무원 자격을 유지할 수 있다. 승객의 안전과 서비스를 책임지는 사람이기 때문에, 느슨해질 즈음에 긴장의 끈을 바짝 쪼여주는 시간을 갖는 거다. 물론 교육을 마치면 어김없이 테스트가 기다리고 있다. 시간이 지날수록 몸에 익은 내용들이라 신입 때처럼 통과하지 못하는 경우는 없지만, 또 막상 내 차례가 되면 최초로 통과 못한 사례가 되는 건 아닌가 싶어 긴장이 된다.

그래도 역시, 정기 교육은 오랜만에 만난 동기들과 안부를 묻고 소통하는 유일한 시간이기에 기다려지는 시간이기도 했다. 각자 할 말이 얼마나 많은지 정기 교육 때면 그간 쌓인 이야기들을 토해내기 바쁘고, 나중에는 교관님들에게 능청 떠는 여유까지 생긴다.

그렇게 하하 호호 웃고 욕하며(?) 정기 교육을 받다 보니 어느새 테스트 날. 이번 테스트는 탈출 직전 상황에서 비상 탈출하는 절차였다.

"** 씨 비상 장비 챙겨서 나가세요!"

그런데 탈출에 필요한 물품들을 챙긴 동료의 손에 가장 중요한 것이 보이지 않았다. 선배가 외쳤다.

"기내 판매 잔돈이랑 포스기도 챙겨요!"

이 얼마나 중요한 것이란 말인가. 잔돈 모자라면 기내 판매 담당 부서인 케이터링 부서에서 전화가 온단 말이다! 긴장감이 감돌던 순간, 선배의 기지로 무사히 정기 교육을 수료하며 나는 티웨이 승무원으로서 생명 연장의 꿈을 이뤄냈다.

비상 탈출 시 승무원들이 챙겨야 하는 것들!

붙빛이 없는 어둠을 대비하는 손전등.

다친 사람들을 위한 비상 약품 키트.
FAK First Aid Kit

승객에게 지시가
잘 들리도록 하는 메가폰.

비상 착륙 시 구조를 위해
현재 위치를 알릴 수 있는 장비.
ELT Emergency Location Transmitter

승무원 업무 매뉴얼
(CCOM)

비상 상황 시 꼭 필요한 업무를 위한
승무원 업무 매뉴얼.

거부할 수 없는
나의 마력은 루시퍼(1) ♪

그날도 여느 때와 다르지 않았다. 내 앞에 어떤 시련이 닥칠지도 모르고 나는 다음 비행 스케줄과 함께 비행할 선배들의 명단을 확인했다. 목적지는 중국 인촨, 함께하는 선배…, '응? 우리 항공사에서 제일 무섭다고 소문난 선배님의 이름이 왜 여기 적혀있지?^_^ 그렇구나, 그렇게 되었구나, 가장 무서운 선배님과 비행을 하게 되었구나.ㅠㅠ'

"아, 나 어떡해. A 선배님이랑 비행 잡힘. 망했어!"

2주 전부터 세상 호들갑은 다 떨고 다니던 내게 한 동료가 슬쩍 팁을 주었다.

"그 선배님 씰Seal 엄청 신경 쓰셔."

"왜? 어차피 자주 열었다 닫잖아."

"보안 노출될까 봐 옆에 있는 승무원도 믿지 말라고 하신대."

'오호 그렇단 말이지? 그날 사무실에 있는 씰은 내가 전부 싹쓸이 한드아!'

비행 당일, 나는 씰 열 개들이 묶음을 네 개나 챙겨 넣으며 생각했다. '비행기에 타면 또 있을 테니까 모자라지는 않겠지! 욕을 먹어도 모자라서 먹는 것보다는 남아서 먹는 게 배부르리라!' 그렇게 씰의 개수만큼 완벽히 준비한 나의 비행이 시작됐다.

'띵!' 면세품을 구입하고 싶다는 승객의 호출이었다. 기내 판매 담당자였던 나는 주문받은 면세품과 함께 쇼핑백, 잔돈까지 야무지게 챙겨서 손님에게 전달한 뒤 갤리로 돌아왔다. 그 순간, 내 귓가를 파고드는 얼음장처럼 차가운 목소리.

"연실 씨."

'머… 머선 일이야…, 나 뭐 잘못한 거야…?'

"네?"

"왜 여기 씰 안 했어요?"

선배의 손가락 끝이 향한 곳에는 씰이 묶이지 않은 컴파트먼트[수납장]가 있었다. 세상에, 이렇게 억울할 때가 있다. 물건을 수납하는 컴파트먼트는 자주 쓰는 공간이기 때문에 편의상 매번 씰을 묶어놓지는 않는다. 애초에 승무원 공간인 갤리를 오래 비워두질 않으니, 컴파트먼트 안의 물품 도난이나 테러 가능성은 낮다. 하지만 이번 비행에서만큼은 내 목표가 '최고 보안 사수! 잊지 말자 씰! 꺼진 씰도 다시 보자!'였기에, 무척 예민하게 신경 쓰고 있던 터였다.

그런데 딱 한 번, 진짜 그때 딱 한 번 안 한 걸 하필이면 선배에게 딱 걸린 것이다.

'와, 나 환장… 아니, 계속 잘했는데? 재수도 드럽게 없지.'

"죄, 죄송합니다."

"연실 씨, 옆에 있는 승무원도 믿지 말라고 했죠? 이러다가 제가 여기 있는 물품이랑 잔돈 다 훔치고 나 몰라라 하면 이거 다 연실 씨가 책임지는 거 알아요, 몰라요?"

그때였다. 내 주둥이가 나대고 만 것이.

"알고 있습니다. 죄송합니다. …그런데 선배님, 왜 옆에 있는 승무원을 믿으면 안 됩니까? 저는 선배님만 철석같이 믿고 있는데, 그럼 안 되는 겁니까? 그럼 저는 누굴 믿습니까!"

수산 시장에 있는 그 어떤 물고기보다 싱싱하게 살아있는 게 바로 내 주둥이구나. 그런데 진심으로 궁금했다. 나는 누굴 믿어야 하는 건지.

"하여간 김연실, 입만 살아가지고!"

아, 나 나름 진심 진지하게 여쭤본 건데…. 그나저나 A 선배님, 그때 웃는 거 참느라 어깨춤 추고 다니시는 거 다 봤습니다. ㅎㅎ

씰 seal 이란?

케이블 타이와 같은 원리로 한 번 묶으면 다시 풀리지 않는 플라스틱 재질의 끈을 말한다. 이 씰로 보안이 필요한 물품을 잠궈 노출되지 않도록 하는 것이다.

씰에는 각각 고유 번호가 있는데, 비행기 내부에 컴파트먼트라 불리는 수납장 입구는 항상 이 씰을 걸어서 잠궈야 한다.

만약 씰이 손상되었거나 문서와 다른 번호의 씰이 묶여있을 경우, 컴파트먼트가 오염됐다고 간주해 안의 내용물을 살펴봐야 한다.

승무원 입장에서도 사실 굉장히 귀찮은 일이기도 하고, 승객들 입장에서는 별로 아니라고 생각할 수도 있겠지만, 비행기는 상상을 초월할 만큼 다양한 사람들이 타고 내리기 때문에 폭발물과 같은 위험에서 안전하려면 꼭 필요한 절차이다.

거부할 수 없는
나의 마력은 루시퍼(2)♪

그날 이후, 무섭기로 악명 높던 A 선배와 제법 친해졌다. 선배는 소문과는 달리 따스한 심장의 소유자여서ㅎㅎ 나의 주접도 사랑으로 받아주는 단계까지 이르셨다.

식사 시간, 선배와 나는 밥을 먹으며 대화를 나누고 있었다.

"연실 씨는 별명이 뭐예요?"

"아, 저 신현준입니다."

태연한 내 대답에 카리스마 넘치던 나의 선배님은 입안에 있던 밥알을 내뿜으셨다.

"아, 무슨 신현준이에요! 웃기려고 한 소리죠?"

"선배님, 저 정말 고등학교 때부터 별명이 신현준입니다! 저 선배님한테 거짓말 안 합니다!"

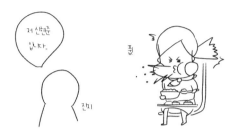

"아, 연실 씨, 진짜 너무 웃겨!"

"???? 진짠데…, 고등학교 시절부터 내 별명은 정말로 신현준이었는데…?"

왜 그렇게 악명 높게 소문난 건지 모르겠지만 선배는 소문과 다르게 웃음도 많고, 오히려 자잘하게 챙겨주는 것도 많은 분이었다.

"선배님, 저랑 같이 비행 갔을 때 있잖아요."

"응."

"그때 제가 선배님한테 왜 믿으면서 일하면 안 되냐고 대들었잖아요. 그때 왜 웃으셨어요?"

"ㅎㅎ 나한테 그렇게 말하는 후배가 없었는데, 그렇게 말하는 걸 보니까 귀엽더라구."

"하, 또 나한테 빠졌네, 이 선배님!"

선배의 답에 주접을 떨었지만, 선배의 애정이 느껴져 내 맴이 참으로 따뜻해졌다. ♥

그럼 큰 항공사 승무원 만나!

"왜 승무원이 되고 싶어?"

대학 시절 교수님께서 이런 질문을 한 적이 있다.

"함께하는 모두가 책임감을 가지고 일할 수 있는 직업인 것 같아서요."

"좋은 이유네."

내가 매일 상상했던 비행 생활은 '내 사람을 챙기는 것'이었다. 동료의 잘못이라 할지라도 대신해서 자세를 낮출 수 있는 그런 선배이자 동료이자 후배고 싶었다. 진급할 때마다 그 마음을 잊지 않기 위해 노력했다.

티웨이에 입사한다고 했을 때 저비용 항공사라서인지 주변 사람들의 첫 번째 반응은 "그 회사 괜찮아?"였다. 나는 티웨이를 선택한 것에 단 한 번도 후회가 없다. 오히려 나라는 사람에게 기회를 줘서 감사했고, 회사와 함께 성장하는 내 모습에 뿌듯했다. 그런데 당시 만나던 남자친구마저 늘 나에게 이렇게 말했다.

"티웨이 말고 더 큰 항공사로 가보는 거 어때?"

"왜? 나는 티웨이가 좋은데?"

"큰 곳에서 일하면 좋잖아. 배우는 것도 더 많을 거고."

"여기서도 배우는 거 많고, 회사랑 같이 커가는 느낌이라 좋아."

매번 이런 대화가 반복됐고, 이 지긋지긋한 대화에 지친 나는 어느 날, 울컥해 이렇게 외치고 말았다.

"또? 그냥 큰 항공사 승무원을 만나. 그럼 되겠네!"

남자 승무원에게 배우 '공유'란?

기내 후방에는 승객들을 비추는 작은 거울이 하나 있다. 앞쪽에 탑승한 승무원들은 손님들과 마주 보고 앉기 때문에 비상 상황에 즉시 대처가 가능하지만, 뒤쪽에 탑승한 승무원들은 승객과 등지고 앉기 때문에 비상 상황을 즉시 확인하기 어렵다. 그래서 뒤쪽에서도 승객의 자리 이탈과 같은 비상 상황을 확인할 수 있도록 거울이 설치돼 있는 것이다.

그날 나는 셋째 승무원으로, 기내 판매를 맡은 날이었다. 판매가 많지 않았던 날이라 일이 금방 끝나서 제출해야 하는 서류를 모두 작성해두고 사무장님을 기다렸다. 사무장님이 온 순간, 나는 대뜸 시키지도 않은 보고부터 했다.

"사무장님 여기 서류 있습니다. 오늘 기내 판매는 특이 사항 없습니다."

그리고 깔끔하게 정류된 서류까지 착! 드리며 보고 마무리!

"네, 연실 씨 참 빠르십니다. 아주 훌륭해요!"

"오늘은 판매가 별로 없어서 조금 빨랐습니다. 감사합니다."

"어휴, 연실 씨가 빠른 거죠!"

빈말인 건 알지만, 기분 좋아지는 말이다. 신이 나버린 나는 후방 거울을 보며 머리 스타일을 가다듬고 있는 사무장님께 시원하게 외쳐드렸다.

"아, 사무장님, 저 방금 공유인 줄 알았습니다!"

천상 승무원이 다 됐다며 손사래 치던 사무장님의 입가에 맺힌 뿌듯한 미소 한 방울. 후후, 역시 남자 승무원한테는 공유가 제격이다.

기내 면세품
판매하기 vs 구매하기

승무원의 칼(판매 전략)

기내는 한정된 공간과 무게 때문에 실을 수 있는 면세품의 수량이 많지 않다. 당연히 각 품목 당 수량은 제한적이다. 면세품이 잘 팔린 날은 특정 품목의 수량이 다 떨어지는 경우가 있다. 그럴 때는 능청스럽고, 자연스럽게 대체 품목을 권유한다는 사실ㅎㅎ

승객의 방패(구매 전략)

여행지로 떠나는 비행기에 탑승 시, 간절히 원하던 면세품이 내 앞에서 품절된다면? 일단 승무원의 대체 품목 권유 유혹을 잘 물리친다.ㅎㅎ 그리고 돌아오는 비행기에서 면세품을 픽업할 수 있는 '기내 면세품 사전 주문서'를 이용해 면세품을 미리 주문하고 돌아오는 비행기에서 편하게 받아 집으로 가면 된다.(항공사에 따라 '기내 면세품 사전 주문서'를 이용할 시 약간의 할인을 받을 수 있도록 하는 경우도 있다. 일종의 얼리버드 할인!)

하지만, 면세품은 기내에서 구매하는 것보다 면세점에서 구매하는 것이 더 저렴하니, 면세점 구입을 추천드립니다.ㅎㅎ

화장실에서는 제발 볼일만!

어느 화장실이나 그렇긴 하지만, 기내 화장실은 특히 늘 깨끗하고 청결하게 유지해야 한다. 거기에 신경 써야 할 것들이 있는데 그중 하나가 바로 흡연이다. 기내에서는 흡연이 절대적으로 금지돼 있다. 흡연 뒤 쓰레기통이나 변기에 버린 꽁초에 불씨가 남아있기라도 하면 화재로 이어질 수 있기 때문이다. 누가 기내에서 흡연을 하나 싶겠지만, 의외로 종종 볼 수 있다.

또, 테러 및 승객의 안전(질병 및 사망) 등에 대비해 승객이 화장실에 너무 오래 머물지는 않는지도 신경 써야 한다. 화장실에 들어간 승객이 한참 동안 나오지 않는다면 반드시 매뉴얼에 따라 승객의 상태를 확인해야 한다. 이렇게 여러 이유가 있지만, 내가 특히 화장실에 신경 쓰게 된 결정적 이유가 있다. 타 항공사에서 일하셨던 한 기장님의 이야기를 듣고 난 뒤부터다.

"예전에 일하던 항공사에서 후쿠오카로 비행을 가는데, 손님이 화장실에서 자살한 사건이 하나 있었어."

일본에서는 하늘과 가까운 곳에서 죽을수록 좋은 곳에 간다는 미신적인 이유로, 하늘에서 죽고자 하는 사람들이 꽤 있다고 한다. 인천에서 후쿠오카까지의 비행시간은 약 한 시간, 그 짧은 노선에서도 그런 일이 발생할 수 있는 것이다. 그 뒤로는 비행시간이 짧다고 절대 안심하지 않고, 화장실을 자주 확인하는 비행 습관이 생겼다.

화장실 대응 매뉴얼

1) 뚝뚝뚝 노크를 한다.

2) (답이 없다면)

"손님 괜찮으신가요?"

3) (그래도 답이 없다면)

화장실 문의 잠금 장치를 해제 후 들어갈 수 있다.

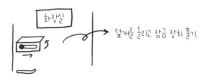

덮개를 올리고 잠금 장치 풀기

개, 새, 고양이

비행기에는 사람뿐 아니라 동물도 탈 수 있다. 다만 탈 수 있는 동물은 세 가지 종류로 입에도 착 붙는 '개, 새, 고양이'다. 개, 새, 고양이는 직접 가져온 케이지 채로 기내에 탑승할 수 있지만, 케이지를 소지하지 않았거나 규정보다 케이지가 큰 경우 체크인 카운터에서 종이 케이지를 구입해야 한다.

그날은 나이가 지긋하신 한 남성 승객이 강아지들이 든 케이지를 가지고 타셨다. 그런데 케이지 때문에 자리가 좁아 불편했는지 케이지를 복도에 턱 내놓는 게 아닌가. 심지어 강아지들이 답답해 하기라도 할까, 케이지 입구까지 살짝 열어놓은 채 말이다.

"실례하겠습니다, 손님."

"예?"

"아버님, 복도에는 짐이 고정되지 않기 때문에 짐을 보관하실 수 없거든요. 안쪽으로 보관해주시겠어요?"

"아이고, 나는 좁아서…, 몰랐지."

"그리고 오늘 비행기에는 승객이 많이 없으셔서 괜찮지만, 동물 털 알레르기를 가진 승객분이 계실 수 있으니 강아지들이 밖으로 나가지 않게끔 잘 부탁드릴게요. …그런데 강아지들이 진짜 귀엽네요. 너무 예쁘다."

"그렇게 예쁘면 아가씨 한 마리 줄게!"

"네???????"

보아하니 눈빛이 장난이 아니시다. 정말로 내 품에 강아지 한 마리를 당장이라도 안겨줄 기세.

"아, 아쉽게도 저는 지금 일하는 중이라 데려갈 수가 없네요. 하하.;;;;"

졸지에 비행기에서 강아지 한 마리 몰고 올 뻔했다.

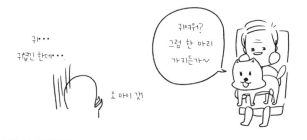

동물, 어디까지 탈 수 있나

항공기에 데리고 탈 수 있는 동물은 '새, 고양이, 개' 이렇게 세 종류! 그렇다고 모든 개를 동반할 수 있는 건 아니다. 도베르만 같이 사냥견으로 분류되는 견종은 혹시 모를 사고에 대비해 데리고 탈 수 없고, 좌석 밑에 보관할 수 있는 크기의 케이지에 들어가는 크기여야만 가능하다.

아주 작은 새끼의 경우에는 한 케이지에 두 마리까지 가능! 장거리 노선이 있는 항공사의 경우, 의사 소견서와 훈련을 받은 동물에 한해 화물로 이동이 가능하기도 하다.

하지만 반려동물을 키우는 가정이 늘고 있고, 반려동물을 가족으로 인정하는 사회적 인식이 높아져 함께 여행을 할 수 있도록 규정을 조금씩 완화하는 추세라는 기쁜 소식!

좌석 벨트 사인이 켜진 사이

신경 쓸 게 많아 바짝 긴장하고 가는 비행보다 편하게 마음 놓고 가는 비행에서 오히려 큰일이 생기는 경우가 있다. 그날은 김포에서 제주로 갔다가 다시 김포로 돌아오는 비행이었는데, 운항 승무원과 객실 승무원이 함께 업무를 공유하는 운항 브리핑 중 기장님 입에서 이런 이야기가 나왔다.

"옛날에 이런 일이 있었대. 외국인 기장이 있던 비행기였는데, 기장 쪽 비행기 유리창이 깨져서 비상 착륙을 한 거야. 그런데 착륙하자마자 기장이 무섭다고 제일 먼저 내려서 도망갔대. ㅎㅎ"

"그러면 어떻게 됩니까?"

"그 기장은 본국으로 바로 출국해 버려서 처벌은 못 했다고 들었어. 그래서 옆에 있던 부기장에게 왜 기장을 붙잡지 않았냐고 책임을 물었다나 뭐라나."

　기장님들이 종종 이런 이야기들을 하시기 때문에 그날도 대수롭
지 않게 듣고 비행을 갔다. 김포−제주 노선은 하루에 두 번 왕복하
는 스케줄이라, 총 네 번의 편도 비행을 하는 셈이다. 이런 경우 보
통 왕복 비행은 같은 비행기로 이뤄지지만, 그날은 왕복 비행의 비
행기가 달랐다. 새로운 비행기에 오를 때마다 비행기 장비들의 상태
를 확인하는 과정을 거치는데, 이렇게 왕복 비행에서 비행기가 교체
될 경우 다음 편수가 지연되지 않도록 최대한 신속하게 장비들을 확
인한다. 그날도 다들 빠릿빠릿하게 움직여 신속 정확하게 장비 확인
을 마치고 승객들을 태워 이륙했다. 그리고 음료 서비스가 나간 지
얼마 되지 않은 그때,

　'띵!'

　좌석 벨트를 매고 자리에 앉으라는 사인이 울렸다. 좌석 벨트 사
인이 울리는 건 대부분의 경우 난기류가 예상되거나, 난기류를 만나
비행기가 흔들리는 터뷸런스가 있다는 의미다. 그럴 때는 부상 방지
를 위해 승객들을 매뉴얼대로 착석시켜야 한다. 곧이어 기장님의 방
송이 기내에 울렸다.

　"잠시 안내 말씀드리겠습니다. 기류 변화로 비행기가 흔들릴 것
으로 예상됩니다. 승객 여러분의 안전을 위해 꼭 좌석 벨트를 매주

시길 바랍니다."

기장님의 방송에 더욱 긴장하며 다들 좌석 벨트를 매고 얌전히 자신의 자리에 앉아있었다. 그런데 시간이 지나도 세상 고요하기만 한 비행기. 사무장님께서도 왜 기장님이 좌석 벨트 사인을 넣은 건지 의아해하셨다. 하지만 별일 아니라 생각했고, 우리는 무사히 김포에 도착했다.

이렇게 비행기가 도착지에 착륙하면 정비사분들이 비행기 상태를 점검한다. 그런데 그날따라 고참 정비사 분들께서 우르르 대기하고 있다가 단체로 비행기에 오르시는 것이 아닌가. 도대체 머선 일이 벌어진거야?

"아까 브리핑 때 유리창 깨진 걸 애기했더니, 진짜로 유리창이 깨져버렸네."

승객들이 모두 내리고 난 뒤 기장님이 조종실에서 나오며 말씀하셨다.

"네??????"

조종실 안을 들여다보니 정말로 기장님 쪽 유리창에 '쩍' 금이 가 있었다. 놀란 사무장님이 괜찮으시냐고 묻자, "아, 유리창이 두 겹인데, 바깥쪽 창에 금이 간 거라서 간신히 비상 착륙은 면했어"라고 태연하게 말씀하시는 기장님.

두 겹으로 된 조종실 유리창은 바깥쪽 유리가 얇고, 안쪽 유리창은 두꺼운 강화 유리로 돼있다고 한다. 이날처럼 그나마 바깥쪽 유리가 깨진 건 다행인 경우고, 안쪽 유리창이 깨지면 그땐 당장 비상 착륙을 해야 한다고. 내 눈앞에서 유리창에 금이 가면 난 진작에 정신줄이 나갔을 거 같은데, 침착하게 좌석 벨트 사인을 켜신 기장님이 존경스러웠다.

4년뒤···,

운항 승무원, 객실 승무원, 지상직 승무원

운항 승무원(파일럿, 조종사)

운항 승무원은 비행기를 조종하는 사람을 말하며, '기장'과 '부기장'으로 나뉜다. 승무원도 승객의 안전을 책임지고 있지만 항공기의 안전의 총 책임자는 기장이다. 승무원도 안전 업무에 있어서는 기장의 지시를 따라야 한다.

객실 승무원(스튜어드, 스튜어디스)

객실 승무원은 승객의 안전한 목적지의 이동을 위해 전반적인 안전과 보안 업무를 담당하고 있으며, 안전 사항에 따른 문제가 발생하지 않는 한 객실의 서비스를 책임진다. 그 외 비행기 안에서 발생하는 업무를 해결한다.

지상직 승무원

지상직 스태프는 승객이 비행기에 타기 전과 하기 후의 승객의 모든 응대를 담당한다. 비행기에 탑승하는 승객과 실리는 화물의 서류를 담당하여 객실승무원과 운항승무원에게 전달한다.

내가 확인을 안 한 것도 아닌데!

옛날 옛날 아주 먼 옛날 막냉이 시절, 티웨이 유니폼이 한복… 지금과 달랐던 시절 이야기다. 그 당시 우리에게 지급되는 물품은 모두 단 한 개뿐이었다. 스카프도 한 개, 블라우스도 한 개, 치마도 한 개, 원피스도 한 개요, 자켓도 한 개, 앞치마까지 모조리 한 개였다.

지금이야 제주까지 가는 다양한 노선이 있고 호텔에 체류하는 레이오버 스케줄도 있지만, 당시만 하더라도 티웨이 국내선은 김포-제주 노선밖에 없었다. 그러다 보니 무조건 당일 왕복이라는 고강도 스케줄을 소화해야만 했다.

게다가 출근 시간은 브리핑 때문에 출발 시간보다 한 시간 더 빨랐고, 막냉이들은 그마저도 두 시간 전에 나가야 했다. 하루하루 어찌나 피곤에 찌들어 살았던지, 자취방을 알아보러 다닐 때도 엄마와 함께 네 군데나 돌아봤는데 정작 난 내 집이 어디로 계약된지도 몰랐다. 왜? 부동산 의자에 쪼그려서 자느라고.

그렇게 하루가 어떻게 지나가는지도 모르고 지내던 어느 날, 비행을 끝내고 집에 오자마자 씻고 다음 비행의 브리핑 시트를 확인하기 위해 컴퓨터를 켰다. '브리핑 시트'는 비행 승무원, 서비스 진행 내용, 특이 사항 등이 적힌 파일인데, 그 당시에는 비행 전 사무장님들이 그룹웨어에 올려주셨다. 승무원들은 이 브리핑 시트를 무조건 비행 브리핑 전까지 모두 숙지해야 했다. 그런데 내 다음 비행 브리핑 시트는 아직 올라오기 전이었다. '아, 나 좀 피곤한데…' 그렇게 조금만 누워있다가 다시 확인해야지 하고, 나는 떠났다. 저 멀리, 꿈나라로.

누구나 잘 자고 있다가 갑자기 불길한 기분이 전두엽을 스치며 식은땀과 함께 눈이 번쩍 떠지는 그런 경험 한 번씩은 해봤을 거다. 그 다음날 오전 7시의 나처럼. 출근 시간은 오후 5시였지만, 나는 브리핑 시트를 확인하지 못하고 그대로 잠들어버리지 않았던가.

그래도 다행히 브리핑 시트를 숙지할 시간은 충분했기에

잘 숙지하고 출근했다. 불길하게 눈을 뜨면서 하루를 시작한 것치고는 나의 하루가 매우 순조로웠다. 적어도 그런 줄 알았다. 사무장님이 내게 질문 폭격을 가하시기 전까지는. 후후.

"연실 씨. 1호기에 다빈도 품목 어디 있죠?"

다빈도 품목은 일명 EMK^{Emergency Medical Kit}라는 의료 장비 모음 키트 내에서도 자주 쓰이는 장비들만 모아둔 키트다.(지금은 없어졌다.) 사용할 때마다 장비를 뜯으면 비용이 많이 들기 때문에 매뉴얼에는 별도 표기가 없지만, 사내 규정으로 따로 관리하는 장비라 브리핑 단골로 나오는 질문이었다.

"애프터 실링 컴파트먼트^{After sealing compartment: 비행기 뒤편 천장 수납함}에 있습니다."

"그럼 2호기 다빈도 품목 위치는 어디이죠?"

"포워드 실링 컴파트먼트^{forward sealing compartment: 비행기 앞편 천장 수납함}에 있습니다."

그냥 평범한 질문들처럼 보이겠지만, 전혀 평범한 질문들이 아니었다. 왜? 오늘 내가 탈 비행기는 5호기니까. ㅎㅎ 그런 내게 왜 1호기, 2호기에 대해 물으시는 걸까.

"연실 씨, 그럼 폭발물 처리 절차에 대해서 말해보세요."

'사무장님, 저한테 왜 이러시는 거죠?ㅜㅜ' 이것이 오늘 아침, 내

전두엽을 스쳤던 불길한 기분의 정체였구나. 심지어 질문은 비행 중에도 계속 이어졌다. 불행 중 다행이라면 너무나 기특한 내 자신이 사무장님의 질문 폭격을 모두 방어했다는 것이다. 너덜너덜해진 채로 비행을 끝낸 내게 사무장님이 말씀하셨다.

"연실 씨, 브리핑 시트를 오늘 아침 7시에 확인했더라구요. 어떻게 비행 브리핑 시트를 당일에 확인하는 막내가 있나 싶어서 질문이 좀 많았습니다."

요즘에는 조회 버튼도 없어졌지만, 그 옛날 그룹웨어 사이트는 브리핑 시트를 누가 언제 읽었는지까지 확인할 수 있었다. 내가 저 멀리 꿈나라로 떠난 사이 브리핑 시트를 올리신 사무장님, 잠든 지도 모르게 잠들어 아침에서야 아직 늦진 않았다며 천진난만하게 브리핑 시트를 확인한 나. 사무장님의 질문이 많았던 이유를 비행이 끝나고서야 알게 됐다.

아니, 그래도 그렇지! 오후 5시 비행 브리핑 시트를 아침 7시에 확인했다고 혼나는 건 억울할 만하지 않은가! 라떼는 그랬다… 라떼는….

라떼가 나타났다!

라떼가 나타났다!

옌티리 씨,
가정 교육 안 받았어요?
왜 이렇게 했어요?
라떼는 말이야, 선배가 말하면~

지금 생각하면 어떻게 버텼는지 모를
라떼 공격들,
그리고 라떼가 된 나...

나는야 오늘의 판매왕

"여기는 뭘 이렇게 다 돈을 받아?"

저비용 항공사에서 일하다 보면 제일 많이 듣는 소리다. 네, 저도 마음 같아서는 아주 팍팍 인심 써서 무료로 뿌려드리고 싶습니다. 그런데 안 되는 걸 어쩌겠습니까. 그날 라오스로 가는 비행기 안도 여느 때와 다르지 않게 여행사를 통해 예약하신 어머니 아버지 나이 대의 단체 손님이 많았다. 판매 카트에 물품을 잔뜩 얹고 통로를 지나며 판매하던 중, 아버지뻘의 승객께서 외쳤다.

"여기, 맥주 두 개랑 커피 두 개!"

"네 손님, 맥주 두 개, 커피 두 개 하셔서 13,000원입니다."

"뭐야? 그냥 주는 거 아니야? 사 먹는 거야?"

"네, 손님. 저희는 판매로만 제공하고 있어요."

"아니, 이거 다른 항공사는 그냥 주던데 왜 여기는 사 먹어야 돼? 나는 여행사에 비싸게 돈을 냈는데 말이야!"

"손님, 저희 같은 저비용 항공사에서는 기내식을 제공하지 않는 대신에 더 저렴하게 비행기 티켓을 제공하고 있어요."

"나는 여행사에 돈을 많이 냈다고, 그런데 비행기에 와서 또 돈을 내라니 말이 돼? 이런 거는 원래 줘야 하는 거지."

숱하게 겪어온 실랑이었다. 그래서 그날은 매뉴얼대로 하지 않고 나만의 방법으로 응대해 보기로 했다.

"손님, 여행사로 예약하실 때 그 돈에서 비행기 티켓 값이 얼마였어요?"

"나야 모르지."

"으이구! 다른 항공사 비행기 타셨으면 지금보다 30만원은 더 내셔야 돼! 선생님, 30만원 더 내고 타서 맥주 두 개, 커피 두 개 공짜로 드실래, 30만원 싸게 타고 13,000원 내고 맥주 두 개, 커피 한 개 드실래? 13,000원 내는 게 훨씬 낫지!"

안녕하세요. '김능청'입니다. 게다가 비유는 또 왜 이렇게 찰떡이야. 누가 들어도 매우 그럴듯한 논리였다. 승객분은 내 말을 듣고 잠시 생각하더니 이윽고,

"아, 그렇네. 사 먹어도 다른 항공사 타고 가는 것보다 더 저렴하네."

"그렇죠? 사드시는 게 낫겠죠?"

심지어 일행에게도 "여러분들! 여기는 사 먹어야 한답니다. 그래도 훨씬 싼 거예요. 다들 주문할 것 있으면 돈 걷으세요"라며 자진해서 종이에 주문을 받고 돈도 걷어오셨다.

"승무원 아가씨, 우리 여기, 라면 두 개랑 국밥 세 개, 맥주 두 개, 커피 두 개로 주문할게요!"

복잡한 주문에 나는 '김능청'답게 대꾸했다.

"에이, 손님, 이러면 늦게 나오지! 지금 주문이 많으니까 라면이랑 국밥을 그냥 라면으로 통일해서~"

"아, 그럴까? 그럼 라면으로 다섯 개!"

"어머 손님, 감사합니다! 선배님! 여기, 라면 다섯 개요!"

그렇게 나는 열심히 음식 장사하느라 쉬지도 못하고 라오스에 도착했다. 라오스 공항에서 입국 절차를 밟으려 기다리고 있는데, 갑자기 아까 그 승객이 우리 쪽으로 걸어오시더니 후배 승무원을 붙잡고 말씀하셨다.

"아니, 내가 뭐 하나 꼭 말하고 싶은 게 있는데, 나는 살아생전에

자기 옆에 있는 승무원처럼 설명도 잘하고 친절한 승무원을 본 적이 없어요."

"네?"

영문을 모르는 후배 승무원은 당황했고, 옆에 있던 나는 웃으며 승객에게 말했다.

"아, 손님, 그런 칭찬은 여기에 하면 안 되지! 저기 맨 앞에 계신 여자분 있죠? 저분한테 가서 하셔야 돼요."

"아 그래? 알겠어. 내가 가서 말할게!"

그 승객은 정말로 앞에 계시던 사무장님께 가 등을 톡톡 치고는 내 칭찬을 입이 닳도록 하셨다. 사무장님은 다른 항공사에서 온 경력이 꽤 있는 사무장님이셨는데, 이렇게 비행이 끝난 뒤 승객이 승무원을 칭찬하러 직접 오는 것은 처음 봤다며 놀라워하셨다.

"연실아, 이거는 보고하고 칭찬받아야 돼. 팀장님께 보고드려야 겠다."

"네? 팀장님한테요? 안 됩니다. 저는 괜, 괜찮습니다. 칭찬 안 받을게요."

"아냐, 말해 봐. 어떻게 한 거야? 진짜 신기해서 물어보는 거야."

"팀장님한테 보고 안 한다고 약속해주십시오. 사실은…."

공항에서 호텔로 가는 동안 내가 응대한 얘기를 들은 사무장님은 너무나 김능청, 김연실스러운 방식에 뒷목을 잡으셨다. 매뉴얼대로 하자면, 승객에게 언제나 공손해야 하고 존댓말을 써야 한다. 하지만 상황에 따라 다르게 대처해야 하는 경우도 필요하지 않을까?

저렇게 하는 게 이 손님은 좋다잖아! 역시 매뉴얼은 매뉴얼이고 연실이는 연실이다.

비행 가기 싫어!

비행가기 싫에!!

가끔씩은 비행에
끌려가는 것 같았다!

3장

짬밥 바이브에
내 몸을 맡긴다

세상은 넓고
변태 shake it도 많고

방콕행 비행기 안에서 쉬는 시간에 한 후배와 이야기를 나누다 나와 같은 건물에 산다는 걸 알게 됐다. 항공사 직원들은 불규칙한 출퇴근 시간 때문에 공항 주변에 사는 것을 선호한다. 그러다 보니 같은 동네, 심지어 이렇게 같은 건물에 사는 것도 별로 놀랄 일은 아니다.

"선배님, 우리 동네에 유명한 유니폼 변태 있잖아요."

"변태? 나 한 번도 못 봤는데?"

'호오~ 변태라…, 흥미롭군' 후배가 겪은 소름 돋는 이야기는 이러했다.

어느 날, 비행에서 막 집에 도착해 유니폼을 입은 채로 분리수거

할 쓰레기를 버리러 아파트 분리수거장으로 갔다고 한다. 분리수거를 마치고 집으로 들어와 유니폼을 갈아입는데, 유니폼 뒤쪽에 이물질이 묻어있는 것을 발견한 후배. 이상하긴 했지만 '어디서 잘못 묻었겠지'라고 생각하며 넘기고 잊고 살았단다.

그러던 어느 출근길에 사단이 났다. 평소보다 준비 시간이 늦어져 지각할까 봐 캐리어를 끌고 급하게 지하철역으로 가는데, 갑자기 어떤 아주머니가 다급하게 후배를 불러 세우더란다.

"아가씨! 승무원 아가씨! 잠깐만!"

"네?"

"아니, 아가씨 옷에 이게 뭐야! 이걸 어째, 이것도 모르고 이렇게 다니면 어떡해~"

안타까워하며 아주머니가 가리킨 곳에는 지난번 유니폼에 묻은 것과 비슷한 이물질이 묻어있었다. 후배는 어떤 인기척도 느끼지 못했던지라 무섭기도 했지만, 이렇게 발견하고 알려준 아주머니께 감사했다고 한다. 심지어 물티슈까지 건네주고 사라지셨단다. 후배가 출근해 사무장님께 이런 일이 있었다고 하니,

"침 뱉는 변태네. 그 동네에서 유명하잖아!"

"정말요?"

"어! 그 사람한테 당한 사람이 얼마나 많은데! 그러니까 조심해!"

그런데 이게 끝이 아니었다.

"아니, 근데 그 변태가 침을 뱉고 가면 곧바로 꼭 어떤 아줌마가 나타나서 뭐 묻었다고 물티슈를 주고 간다더라?"

방콕으로 가는 밤 비행, 대부분의 승객이 주무실 때라 고요하고 어두운 객실에서 물티슈를 건네는 아주머니를 상상하니, 어후~ 소오름. 너무 무서워서 후배 팔을 부여잡은 채 방콕까지 비행했다.

과연 범인은 누구였을까? 진실은 언제나 하나!(feat. 명탐정 코난)

**여고 오졌다리~

중고등학교 시절, 가장 설레는 행사 중 하나가 바로 수학여행 아닐까? 수학여행 시즌이 되면 다양한 교복을 입은 학생들을 만날 수 있다.

"어서 오십시오. 제주까지 가는 티웨이항공 ***편입니다. 기내에는 신발을 벗고 탑승해주시기 바랍니다."

후후, 학생들만 보면 더더욱 가만히 있질 못하는 나의 주둥이. 그런데 또 내 말을 들은 학생들은 "야야! 여기 신발 벗고 타야 한대!" "진짜? 야! 신발 벗고 타래!" 하며 줄줄이 비행기 문 앞에서 신발을 벗고 양손에 신발 한 짝씩 든 채 까치발로 들어온다. 주접이 오가는 참으로 아름다운 모습이 아닐 수가 없다. 이런 학생들을 보면 마냥 귀여워 보인다. 보통 학생 단체 손님이 타면 담임 선생님의 자리가

비상구열에 배정되곤 하는데, 남자 선생님께 비상구열 작동법 및 탈출 방법을 안내라도 할라치면,

"꺄아아아아아악! 승무원님이 선생님한테 말 걸었다!!"

아주 기내가 환호성으로 난리 난리가 난다. 꼭 해야 하는 절차를 하는 것뿐인데, 학생들은 여자 승무원이 남자 선생님에게 말을 건다는 것 하나만으로도 이렇게 요동친다.

"조용히 안 해, 이놈 새끼들아?!"

포스부터 남다르셨던 담임 선생님은 뒤돌아봐도 거꾸로 봐도 앞구르기 하며 봐도 체육 선생님이 분명하다. 무섭게 생기셨지만, 학생들이 이렇게 장난도 치는 걸 보면 분명 평소에 아이들을 잘 챙겨 주셨으리라.

학생 단체 손님이 탑승하면 가장 재밌는 순간은 바로 이륙할 때다. 비행기가 활주로에서 무섭게 엔진을 돌리다 점점 바닥에서 바퀴가 떨어지면 기내는 난리가 난다.

"오오~ 오오오~ 우와아아아!!!!!!!!!!!!"

꼭 이렇게 다 같이 소리를 지르고는 이내 깔깔대면서 일명 한국인 '종특'이라 알려진 박수치며 웃기를 너 나 할 거 없이 시전한다. 그 모습이 재밌어 나도 매번 웃게 된다. 좌석 벨트 사인이 꺼지자 승무원이 꿈이라는 아이들이 다가와 이것저것 질문하기 시작했다. 한창

아이들의 질문에 답을 해주던 나는 몰래 셀카를 찍고 있는 아이들 뒤에서 슬쩍 '브이'를 했다.

"ㅋㅋ 같이 찍어요! 승무원 언니!"

"그래, 근데 요즘 누가 일반 카메라로 찍어~ 보정해주는 어플 없어?"

"어플 있는 사람! 승무원 언니는 어플 있어야 찍어준대!"

어떻게 찍어도 뽀송뽀송 예쁜 너희들은 모를 거다. 나이 조금만 들면 어플로 찍은 사진이 내 얼굴이란다. 기본 카메라로 찍힌 내 얼굴은 나도 모르는 사람야.

"너네 학교 이름이 뭐야?"

"맞춰보세요!"

"나야 모르지! 알려주면 내릴 때 방송해줄게."

"진짜요? 대박! 어떻게 방송해줄 거예요?"

"음, **여고 여러분, 수학여행 오졌다리~~ 이렇게 해줄게."

"오졌다리래!! ㅋㅋㅋㅋㅋㅋ 진짜요? 그렇게 해도 돼요?"

"응 되지!"

그럴 리가. 사실 절대 안 된다. ㅎㅎ

"저희 **여고예요!"

귀여운 학생들과 함께한, 짧지만 즐거운 비행 끝에 제주 공항에

바퀴가 닿았다.

"티웨이 가족 여러분. 우리 비행기는 제주 국제 공항에 도착했습니다. 가족 여러분께서는 좌석벨트 표시등이 꺼질 때까지 좌석 벨트를 꼭 매주시기 바랍니다. 아울러 오늘 탑승해주신 트와이스보다 예쁜 **여고 여러분. 오늘 너무 예뻐서 언니가 너무 걱정됩니다. 제주에서 친구들과 재밌는 수학여행 보내고, 앞으로 꽃길만 걷기를 티웨이 승무원들이 기원합니다. 고맙습니다. Happy t'way, It's yours!"

비록 '오졌다리~'는 못 해줬지만, 아이들에게 즐거운 추억이 됐길 바란다. '오졌다리' 하고 경위서 제출할 수는 없잖니, 얘들아. ㅎㅎ

비상구열 작동 및 탈출 방법

비상구

1. 커버를 연다.

2. 빨간 레버를 당기면 문이 열린다.

3. 탈출!

4. 날개로 나온다.

5. 미끄럼틀 타듯이 날개 뒤쪽으로 미끄러져 탈출!

타고난 이중인격자

지금은 아니지만, 티웨이 탑승권에도 기내식이 포함됐던 때가 있었다. 식사 서비스가 판매 서비스로 변경된 뒤, 아직 변경 전에 탑승권을 구매한 분들을 위해 식사가 가능한 쿠폰을 한시적으로 제공했다. 그러자 유달리 쿠폰 사용이 많은 노선이 생겼고 티웨이에서는 기내 판매 전문팀, 일명 '티벤져스'로 불리는 팀을 꾸려 쿠폰 사용이 많은 노선에 한 달 정도 집중 투입하는 팀 비행을 진행했다.('티벤져스'는 지금까지 이어지고 있지만, 현재는 마음 맞는 승무원들끼리 비행을 하고 판매도 도모하는 시스템으로 변화했다.) 그때 나도 친하게 지냈던 사무장님께 연락을 받았다.

"'티벤져스'라고 기내 판매 전문팀을 꾸리는데, 내 팀으로 너를 올릴까 하는데, 어때?"

후후, 나란 녀석, 이놈의 인기!

"아이고, 저야 과장님이랑 하면 좋죠!"

그렇게 사무장님과 나, 그리고 두 명이 더 합류해 '티벤져스' 팀 비행을 하게 됐다. 마음 맞는 사람들끼리 팀을 꾸렸으니 팀워크는 말해 뭐하겠나, 죽이 척척! 잘 맞을 수밖에. 특히 힘든 비행 속에서도 사무장님 몰래 장난은 또 얼마나 쳤던지. 같은 상황에서도 사무장님이 근처에 계시느냐 안 계시느냐에 따라 서비스도 달라진다.

승객이 구매한 면세품을 기내 선반에 보관하려고 할 때 사무장님이 옆에 계시면,

"손님 번거로우시겠지만, 면세품을 선반에 두시면 분실될 위험이 있어 좌석 아래로 보관하시는 것을 권해드리고 있습니다. 괜찮으실까요?"

사무장님이 옆에 안 계시면,

"어머니~ 나 여기 놓을게요~"

김연실, 참으로 타고난 이중인격 승무원이다. 후후.

같은 상황 다른 서비스

(승객이 찾는 면세품이 소진됐을 시)

사무장님이 옆에 계실 때

친절   공손

☆ 쿠션 용어

"네, 손님 죄송합니다만
찾으시는 물건이 다 떨어져서
비슷한 제품으로 안내를..."

사무장님이 옆에 안 계실 때

하하하
ㅋㅋ
능글   능글

"어머님!! 맥주 두 캔??
통이 크시네 우리 어머님!!!!
오늘 두 캔 드시니까 내가 보너스로
프링글스 과자 드려볼게여ㅅ~~ᴗ~~
(물론 무료로 제공되는 샘플 과자ㅎㅎ)

짬밥 바이브에 내 몸을 맡긴다

데칼코마니

신입 승무원들이 입사하면 비행에 투입되기 전, 적응을 돕는 멘토링 제도가 회사 차원에서 운영되고 있다. 사실 나는 신입 시절부터 어려 보이지 않는 외모와 나만의 구수한 스타일로 승객을 응대하는 모습 때문에 '신입답지 않다'라는 지적을 많이 받았다. 도대체 신입은 어떤 모습이어야 하는 걸까. 입사와 동시에 빠르게 파워 적응을 마친 나도 연차가 올라가자 멘토링 해주는 입장이 됐다.

그리고 내가 멘토링 해줄 멘티를 만나는 순간, '응?? 뭐야, 너는 나니? 내가 너니?' 어디서 나랑 똑같은 애가 나타났다. 후배에게 "야, 너는 나 같다!" 하니, 안 그래도 비슷한 성향의 멘토를 배정받게 될 거라고 들었단다. 그래, 그게 바로 나구나. ㅎㅎ

멘티로 만난 후배를 보니 내 신입 승무원 시절이 절로 떠올랐다.

천직인가 싶을 정도로 재밌었지만, 포기하고 싶을 만큼 힘들었던 적
도 많았다. 나는 후배가 그런 부분까지 똑같이 겪는 일은 없길 바랐
다. 그래서 멘토링 기간 동안 일부러 모질게 대했다.(물론 실제 내 모습
과 정반대라 너무나 힘들었지만…ㅎㅎ)

"브리핑 시트는 꼭 선배가 찾기 전에 미리 갤리에 세팅해놔."

"예, 알겠습니다."

"놀러 온 거 아니니까 일할 때 진지하게 임하면 좋겠다. 나도 그걸
로 신입 때 많이 혼났어."

"예, 알겠습니다."

차갑고 모진 내 태도와 말에 상처받을 법도 한데, 이 후배는 항상
더 잘하려 노력하는 모습을 보여줬다. 그 모습이 어찌나 예쁘고 기
특하던지. 예쁘고 기특하던 그 신입 후배는 어느새 훌쩍 자라 내 고
민을 함께 나누는 존재가 됐다. 말이 고민이지, 사실 엄청 징징댔다.

한동안은 퇴사를 노래하며 후배에게 징징거린 적이 있었다. 그런
데 문득, 받아주는 것도 하루 이틀이지 보통 짜증나는 일이 아니겠
다 싶어 물었다.

"야, 너 맨날 내 고민 들어주는 거 짜증나지 않아?"

"네. 짜증은 나지만, 선배님이시라 어쩔 수 없이 들어드리는 겁니

다. 인생 짬 순이지 않습니까?"

　　아니, 무슨 데칼코마니도 아니고, 드립도 나 같이 치는 너란 아이!

나도 인정하긴 짜증나지만, 그래도 어쩔 수 없이 정이 더 가더라.

흥. ㅎㅎ

역시 인생은 짬이다

"연실아, 이 어플 알아? 스트레스를 측정해준대."

건강 어플이 막 인기를 끌기 시작하던 무렵, 운항 브리핑실로 이동 중 사무장님이 핸드폰 화면을 보여주며 말했다.

"예? 말이 됩니까? 핸드폰이 어떻게 스트레스를 측정해줍니까?"

"이거 봐, 제대로 측정하는지는 모르겠지만 일단 재밌다고."

그 어플은 핸드폰 후면 카메라 옆에 검지손가락을 올리면 스트레스 지수가 측정되는 방식이었다. 사무장님은 미심쩍은 내 표정에 직접 손가락을 올려 시범을 보였다. 잠시 뒤,

'당신의 스트레스 지수는 60입니다.'

"사무장님, 60이면 스트레스 높은 거 아닙니까? 요새 스트레스받는 일 있으세요?"

"이 정도면 평균 수치인 거 같더라고."

"이거 진짜 맞는 거예요? 못 믿겠어요. ㅋㅋ"

우리는 의심의 눈초리를 거두지 못한 채 비행기에 올랐다. 그런데 갑자기 사무장님이 재미있는 제안을 했다.

"우리 스트레스 측정으로 내기할까? 우리 중에 스트레스 지수 제일 낮은 사람이 워커라운드(승객의 요청 사항에 대비해 확인차 도는 객실 순회) 갔다 오는 거 어때?"

"오 재밌겠다! 해요, 사무장님!"

막내 승무원부터 스트레스를 측정했다.

'당신의 스트레스 지수는 75입니다.'

"뭐야, 왜 이렇게 스트레스가 높아요?"

"우리랑 일하는 거 스트레스 받는 거 아니죠? ㅋㅋㅋ"

그다음, 셋째 승무원의 스트레스 지수는 65가 나왔다.

"역시 셋째라 막내보다 스트레스가 덜 하구나. 여러분 막내 좀 잘 챙겨줍시다. 알았죠?"

"저 진짜 잘해줍니다. 사무장님!"

그다음은 내 차례. 절대 걸릴 리 없을 거라 확신하며 측정한 스트레스 지수는 61. 응? 내가 제일 낮네? 위험한 숫자에 두근거리고 있던 찰나, 사무장님이 장난스럽게 주문을 외우며 측정을 시작했다.

"스트레스 받는다… 나는 지금 스트레스를 받고 있다…."

"아니 그런다고 스트레스가 쌓여요?ㅋㅋ"

'당신의 스트레스 지수는 60입니다.'

ㅋㅋㅋㅋㅋㅋㅋㅋㅋㅋㅋㅋ 우리 셋은 숫자를 보자마자 빵! 터졌다.

"사무장님, 스트레스도 연차 순인가 봐요! 워커라운드 다녀오시면 되겠습니다. ㅋㅋㅋ"

역시 인생은 앞에서나 뒤에서나 짬이다.

객실 승무원 직급별 하는 일

사무장(첫째 승무원)
- 객실서비스 총 책임자
- 비행 관련 서류 확인
- 비행 관련 업무 보고
- 기장과의 커뮤니케이션

둘째 승무원
- 주방 갤리 책임자
- T'SHOP 판매 담당
- 기내방송

셋째 승무원
- 주방 갤리 보조
- 기내 면세품 판매 담당

넷째 승무원
- 소모품 확인
- 서비스 서포트
- 탑승권 확인

잊지 못할 그 노래

과거 브리핑실은 공간이 비좁고 컴퓨터 사용이 제한적이었다. 그래서 라운지에 있는 컴퓨터를 이용하곤 했다. 그날도 비행이 끝나고 제출할 서류가 있어 라운지로 향했다. 라운지에는 누군가 라디오를 틀어놨는지 음악이 잔잔하게 흘러나왔다. 자리를 잡고 컴퓨터를 하고 있는데 그때 왠지 모르게 한 노래가 유난히 내 귀를 사로잡았다.

그 당시 나는 어느 정도 업무에 익숙해졌지만, 매 비행마다 다른 선배들과 함께해야 하는 것과 선배들의 각기 다른 업무 스타일에 적응하지 못하고 힘들어하던 시기였다. 게다가 자잘하게 혼나는 일은 어찌나 많은지. 자존감은 바닥으로 뚝 떨어져있었다.

나는 잠시 집중해 음미하며 그 노래를 들었다. '한 남자가 한 여자를 보고 순간 시간이 멈춘 듯, 순식간에 사랑에 빠진다. 남자는 여자의 맑은 미소가 마음에 들지만, 가끔 보이는 우울한 눈빛이 마음에 걸린다. 그래서 여자의 작은 일까지 알고 싶은데, 말을 해주지 않아 꿈속에라도 찾아가 무슨 일 때문인지 듣고 싶다'는 게 노래의 내용이었다.

그런데 이 내용이 마치 나를 위로해주는 말 같았다. 승무원이라는 직업은 오로지 승객의 이야기를 들어줘야 하고, 힘든 일이 있어도 티 내지 말고 항상 웃어야 한다. 그래서 이 노래가 유난히 내 귀에 쏙 들어왔나 보다.

"그렇게 잘나셨으면 연실 씨가 매니저를 하세요." "잘난 척은 다 하더니, 막상 제대로 하는 게 하나도 없네요?" 이런 말들이 비수처럼 마음에 꽂혀 집으로 가는 길에도 차마 지하철을 못 타고 화장실에서 엉엉 울다가 화장을 고쳐야 했고, 그렇게 터덜터덜 걷다가도 누군가에게 싱긋 미소지어야만 했다. 정작 내 속은 문드러지고 있는데, 다른 사람들을 돌보느라 안쓰러운 내 자신은 돌볼 시간도 마음의 여유도 없었다. 그런 내 자신이 안쓰러워 눈가가 촉촉해졌다. 노래 제목이 궁금해져 마침 옆에 계시던 기장님께 물었다.

"기장님, 이 노래 제목이 뭡니까?"

"변진섭의 〈숙녀에게〉라는 노래야."

"노래가 엄청 슬픕니다."

승무원 생활을 잘하다가도 어느 직장인이나 다 그렇듯 문득문득 '내가 이 일을 선택한 건 정말 잘한 일일까? 일하는 사람들에게 피해를 주고 있는 건 아닐까? 일이 적성에 안 맞는 건 아닐까?'라는 생각이 들기도 했다. 그때마다 내게는 따뜻한 말로 나에게 힘을 주는 동료들이 있었다.

"지금처럼만 하면 될 것 같아요" "연실 씨랑 가는구나! 오늘 비행 걱정 없겠다" "잘하고 있어요"

그들의 한마디 한마디는 내 마음에 큰 위로가 돼 마음속 상처를 조금씩 아물게 해줬다. 그렇게 나는 힘들었던 시간들을 무사히 지나보낼 수 있었다. 혹시 누군가 꿈속에서 살며시 내 이야기를 들어줬던 건 아닐까?

♪ 나 그대 아주 작은 일까지 알고 싶지만
어쩐지 그댄 내게 말을 안해요.
허면 그대 잠든 밤 꿈속으로 찾아가
살며시 얘기 듣고 올래요. ♫

연티리 씨, 잘하고 있어!

정프 시트

선배님들의 격려가 없었다면
지금의 나도 없었을 것 같다.

닿지 못한 진심

"연실 씨는 참 괜찮은 사람이야. 아주 쿨하고 괜찮아."

비행 전 브리핑이 끝나고 시간이 남아 기장님과 수다를 떨고 있는데, 기장님이 갑자기 저리 말씀하시는 게 아닌가!

"어휴~ 기장님! 그런 얘기는 저 없는 데서 하셔야죠!"

"빈말이 아니라, 우리 연실 씨는 꼭 다른 큰 항공사에 가보는 게 좋겠어."

농담으로 받아친 내 말에 기장님이 진지하게 답하시자 나도 진지하게 말씀드렸다.

"기장님, 저는 승무원으로서는 티웨이가 마지막입니다."

나는 개성이 뚜렷하고, 자기주장이 강하다. 틀에 갇힌 것도 싫어하고 하고 싶은 건 마음껏 해야 하며, 무엇보다 내 안의 충만한 '똘끼'에 진심인 인간이다. 그런 내가 보수적인 승무원 생활을 하고 있으니, 을매나 힘들었게요? 그래서 승무원은 티웨이에서 한 번 해보는 걸로 매우 만족이었다. 나는 그런 의미로 티웨이가 마지막이라고 말한 건데……,

"이야~ 박수!!!!!!!"

???? 이건 또 머선 일? 왜 박수를 치세요…….ㅜㅜ

"티웨이에서 뼈를 묻겠다니, 연실 씨 애사심이 대단하구만! 티웨이가 인재를 들였어! 팀장들이 연실 씨의 이런 마음을 알려나 몰라."

'아… 이게 아닌데….'

기장님들, 그때 매우 기뻐하셔서 제가 차마 말씀 못 드렸어요. 제 생에 승무원은 한 번뿐입니다. 두 번은 없습니다. 공항 쪽으로는 머리도 두고 자지 않는 걸요. ㅎㅎㅎㅎ

너 하나 때문에(1)

2016년, 잊을 수 없는 세월호 침몰 사건으로 온 나라가 들썩이던 때였다. 세월호 침몰 사건을 계기로 국토교통부에서는 항공사 또한 대대적인 점검에 들어갔다. 임의로 승무원을 선발해 모든 항공기의 서류부터 비상 장비까지 세세하게 점검했는데, 승무원 선발 인원에 하필이면 또 내가 딱 있다. 임의 선발에서도 존재감을 내뿜는 나란 녀석. 후훗.ㅠㅠ

"김연실 승무원님, 구명조끼 사용법을 설명하면서 직접 착용해보세요."

"우선 비닐을 제거한 뒤 흔들어 펼칩니다. 머리를 넣고 아래 있는 줄을 허리에 감아 버클을 끼운 뒤, 몸에 맞게 끈을 조절해 고정합니다. 조끼 하단에 있는 빨간색 손잡이를 세게 당겨 구명조끼를 부풀립니다. 감독관님, 손잡이를 당겨 카트리지 터트리는 것까지 할까요?"

"네, 터트리세요."

손잡이를 당기자 카트리지가 '푸슈슈슈슈~' 소리를 내며 부풀었다.

"이렇게 구명조끼가 부풀어졌을 때 부피 때문에 숨쉬기가 곤란하다면, 양옆에 있는 빨간색 고무 튜브 끝에 손가락을 넣어 바람을 빼 조절할 수 있습니다. 반대로 조끼가 충분히 부풀지 않았다면, 튜브를 통해 공기를 불어 넣어 더 부풀립니다."

"램프가 켜지는지 확인했으면 합니다."

기내에 탑재된 구명조끼는 불이 켜지는 램프가 어깨 쪽에 달려있는데, 조끼가 물에 닿으면 램프가 작동한다. 나는 물이 담긴 종이컵에 램프 반응 부분을 담가 램프 작동 여부를 확인시켜 드렸다.

"FAK 어디 있죠?"

"이쪽에 있습니다."

나는 비행기 앞쪽 천장 수납함으로 안내하며 말했다.

"FAK 뜯은 뒤 지금부터 제가 호명하는 약품을 들어서 보여주시면 됩니다."

점검관님이 호명하는 약품에 맞춰 나는 약품을 들어 눈으로 확인시켜드렸다. 점검관님은 우리에게 잘 숙지돼있다는 칭찬을 하며 모든 점검을 마치셨다.

안전은 챙기고 또 챙겨도 모자른 거 같다. 늘 긴장하고 확인해야 한다. 사고는 정말 불시에 일어나니까.

너 하나 때문에(2)

한 달 뒤, 한 승객이 기내에서 큰 짐을 무릎 위에 올리고 앉아있는 모습이 눈에 띄었다. 보통 복도에 앉은 승객의 짐이 많은 경우, 비상 상황이 생겼을 때 창가 승객까지 탈출에 지장이 생겨 위험할 수 있다. 그런 상황을 대비해 짐은 선반에 보관해달라고 안내했다. 그런데,

"괜찮아, 내가 잘 들고 갈게."

응? 1차 딥빡. 하지만 꾹 참고 말했다.

"손님, 만에 하나 사고 발생 시 손님뿐만 아니라 안쪽 손님까지 위험할 수 있어서 불편하더라도 짐을 올려주셔야 합니다."

"아니! 내가 말한 거 못 들었어? 내가 잘 들고 간다고! 그리고 사고가 그렇게 쉽게 나? 지금 나한테 사고 나라고 그런 소리 하는

거야?"

하…, 2차 딥빡. 세월호 침몰 사고가 발생한 지 겨우 한 달, 나뿐만 아니라 모든 국민이 안전에 예민한 상황이었다. 이런 순간에도 본인의 편의만 생각하는 승객을 도저히 이해할 수 없었다. 나는 결국 화를 참지 못하고 입으로 욕을! 하고 싶었지만! 이 승무원 나부랭이는 차마 그러진 못하고 대신 눈으로 심한 욕을 하며 말했다.

"손님, 사고를 어떻게 예측할 수 있겠습니까? 사고 발생 시 안쪽 손님까지 이 짐 때문에 탈출 못 합니다. 짐 올리십시오."

내 말에 주변 눈치를 살피던 승객은 결국 짐을 선반에 올렸다. 좋게 좋게 말할 때 하면 얼마나 좋아. 아니 애초에 그러질 않으면 얼마나 좋냐고요. 승객에게 화를 낸 것은 승무원으로서 옳은 태도가 아니었지만, 안전으로부터 승객을 보호하는 일 또한 승무원으로서 내가 해야 할 일이었기에 다시 그때로 돌아간다고 해도 나는 같은 행동을 할 거다. 욕 안 한 내가 기특할 지경.

 '나 하나쯤은 괜찮겠지' '이 정도는 괜찮겠지'라는 본인의 편의만을 생각하는 작은 행동이 모이면 자칫 큰 사고로 이어질 수 있다. 반대로 말하면 사고는 서로가 서로를 배려하면 충분히 막을 수 있는 것이다.

 아름다운 세상, 안전한 세상, 거참 같이 만들어 갑시다, 쫌!

살찐 거 아닌데요?
글래머러스한 건데요?

승무원 취업을 준비하며 정말 안 해본 다이어트가 없다. 쫄쫄 굶는 극단적인 다이어트부터 두유 한 팩과 달걀 두 개로 매 끼니를 때우는 원푸드 다이어트까지. 그렇게 입사 전 몸무게를 8킬로나 뺐다. 빼는 건 고난의 연속이지만 원상 복귀는 한순간, 이건 국룰이 분명하다. 나중에는 "뱃살은 연차에 비례하는 거지~ 그렇지 않으면 정 없어 보여"라는 농담을 아무렇지 않게 하는 지경에 이르렀다. 인생은 원래 정신 승리로 살아가는 거 아니던가! ㅎㅎ

연차가 쌓일수록 나의 살들도 겹겹이 쌓이고, 오죽하면 팀장님 면담까지 잡혔을 정도였다. 회사에서 친절하게 살쪘다고 면담까지 잡아주고, 그 배려에 눈물이 나는 건지 수치스러움에 눈물이 나는 건지, 아무튼 눈물이 난다 눈물이 나.

승무원 유니폼은 몸에 딱 맞는 핏이라 살이 조금이라도 올라오면 내 귀여운 살들은 유니폼에 구겨져 들어가야 한다. 그때부터는 다림질도 필요 없다. 옷이 알아서 팽팽해지니까.^_^ 그리고 조금이라도 몸에 힘이 들어가면 단추가 풀려버려 늘 단추와의 사투를 벌여야 한다. 특히 꼭 가슴 부분 단추가 풀리는데, 그날도 어김없이 풀리고 말았다.

"연실아, 단추 풀렸다."

하지만 내가 누군가. 나 김연실, 마치 늘 있는 일이라 피곤하다는 듯 허리에 손을 얹고 가슴을 활짝 편 채 턱 끝을 세우고 말하지.

"하, 가슴이 또 열렸습니다."

"ㅋㅋㅋ 하여튼, 김연실! 뉑이뉑이~ 부럽네요~"

"거참 글래머러스한 사람은 유니폼 입기도 힘드네요. 지겨워 죽겠습니다. 이 마음 아실랑가 모르겠습니다. 호호~"

그러고는 한껏 도도한 표정으로 옆 라인을 강조하며 "아~ 컴파트먼트에서 뭐 좀 꺼내야겠다" 하며 최대한 섹시한 포즈를 취하곤 했다.

물론 아무데서나 그러는 건 아니다. 이건 흔히 말하는 여초 집단이기에 할 수 있는 가벼운 장난이다.

승무원 유니폼 종류

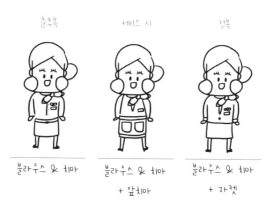

춘추복 · 서비스 시 · 정복

블라우스 & 치마 · 블라우스 & 치마 + 앞치마 · 블라우스 & 치마 + 자켓

원피스 · 바지

반팔 원피스도 있어요. · 바지도 있어요.

호의가 계속되면 둘리라더니!

하루는 회사로부터 공지 메일을 한 통 받았다.

TW ***편. 면세품으로 인한 VOC 접수로

해당 승무원들은 경위서 제출할 것.

VOC는 고객의 소리를 말하는데, 접수된 내용은 대략 이러했다. 라오스에서 인천으로 오는 비행기에서 한 승객이 프로폴리스 두 박스를 구매했는데, 아무래도 비행기에 두고 내린 것 같으니 같은 걸로 재발송해주거나 환불을 원한다는 것.

그런데 문제는 이 일이 2주도 더 지난 일이라는 거다. 인천에서 라오스 가는 비행기에서 구매한 물건이라면 여행에서 돌아온 뒤

VOC를 올린 거 아니냐 생각할 수 있겠지만, 그것도 아니다. 그냥 여행에서 돌아온 뒤 2주가 지나서 올린 것이다. 이렇게 비행이 끝나고 한참 지난 시점에 문제 제기가 들어온 경우, 항공사가 아닌 승객이 문제인 걸 수 있다. 이렇게 누가 봐도 불합리한 상황인데, 왜 승무원한테 따로 응대하라고 하는 건지 나는 이해할 수가 없었다. 승무원까지 지시가 내려오기 전에 회사 차원에서 해결해줘야 하는 일 아닌가?

"사무장님, 2주는 시간이 너무 지난 거 아니에요? 이제 와서 항공사 책임인지 확인할 방법도 없잖아요. 이런 건 회사 차원에서 처리해주면 좋을 텐데…."

"그러게나 말이다. 본부장님께선 뭐라고 하시려나."

사실 이 부분은 굉장히 예민한 문제다. 승무원 개인이 승객에게 직접 연락해서 VOC 문제를 해결하는 건 다른 항공사에서도 논란이 된 적 있다. 물론 애초에 실수를 하지 않는 게 제일 좋지만, 승무원도 사람인지라 실수를 하기도 한다. 이때 잘못 전달한 면세품을 승무원 개인이 승객 집으로 직접 찾아가 사과드리고 전달한 사례도 있고, 그런 과정에서 승무원 개인 휴대전화 번호가 노출돼 승객이 승무원에게 사적인 연락을 한 사례도 있었다. 이렇게 승무원 개인이 직접 응대를 하면 승무원은 안전과 보안을 보장받지 못하게 된다. 그런 사례를 들을 때마다 가슴이 조마조마하던 차에 내가 그 당사자가 된 것이다. 분한 마음에 씩씩대고 있는데, 본부장님이 오셨다.

"2일도 아니고, 2주나 지난 사안을 객실 승무원이 응대할 필요가 있어? 2주 동안 비행기 말고 다른 곳에서 분실한 걸 수도 있고, 그런 거까지 우리가 다 책임질 수는 없어."

'오우, 본부장님! 나이스샷!'

사실 나더러 직접 응대하라고 하실 줄 알았는데! 그 VOC 건은 본부장님 한마디로 그렇게 끝이 났다. 그때 나는 똑똑히 보았다. 본부장님 뒤에서 비추는 후광을.

기내 면세품 판매는 전쟁이다!
(가장 많이 받는 질문들)

1. "뜯어 봐도 돼요?"

: 특히 중국인 손님들이 많이들 물어보는 질문. 면세품은 샘플과 같은 상품이 없어서 직접 뜯어서 볼 수 없기 때문에 구매한 뒤 뜯어야 한다.

2. (주류의 경우) "이거 먹게 좋이컵 좀 주세요."

: 주로 등산복을 입으신 한국인 어머니 아버지들이 많이 요청하시는 사항이다. 기내에서 술을 드시기 위해 구매하는 분들이 많은데, 기내는 지상과 환경이 달라 지상에서보다 취기가 더 빨리 오르기도 한다. 양주 같은 경우에는 알코올 농도가 세기 때문에 최대한 기내 음주는 지양하도록 안내한다. 하지만 무엇보다 면세품으로 구입한 주류는 기내에서 개봉하는 것 자체가 금지 사항이다.

3. "화장품 뭐 써요?"

: 보통 중국인의 경우에는 또렷한 화장을 좋아하기 때문에 선명한 색의 립스틱과 같은 제품을 주로 보시고, 일본인의 경우에는 색조 화장품을 주로 구경하시는 편이다. 요즘에는 우리나라 K뷰티가 많이 알려져서 한국 화장품에 관심이 많은데, 승무원들에게 쓰는 제품을 판매하는지 물어보는 승객들이 종종 있다.

저도 안 타는 게 편합니다

티웨이는 다른 항공사와는 다르게 추가 업무가 한 가지가 더 있는데, 바로 기장님들에게 필요한 물품 및 도움을 드리는 '칵핏 케어'다. 물론 다른 항공사에서도 조종실과 맞닿아있는 갤리에 있는 사무장님이 조종실에서 필요한 물품들인 펜, 물, 식사, 커피 등을 챙겨드리기도 한다. 하지만 티웨이에서는 '칵핏 케어'라는 단어로 업무로 떡 하니 명시해놨다. 하지만 그래서인지 다른 항공사보다 기장님, 부기장님들과 더 친한 느낌이 드는 것도 사실이다.

그날은 기장님, 부기장님, 그리고 훈련 교육을 받는 학생 부기장님까지 운항 승무원이 세 분이나 탑승한 날이었다. 학생 부기장님이 비행 준비를 하는 덕에 부기장님은 한껏 여유를 부리며 객실에 나와 우리에게 말을 건네셨다. 그런데 그날따라 부기장님이 객실 승무원들을 무시하는 듯한 모습이 보였다. 반말로 말을 건네시거나 건들거리며 '이거 달라, 저거 달라, 손님도 이것보다 더 친절하겠다'하며 말이다.

하지만, 어머나 이걸 어쩌나, 하필 오늘의 칵핏 케어 담당자는 저 김연실이네요. 후후. 나는 부기장님을 향해 검은 오라를 뿜어내며 때를 기다리다 물었다.

"부기장님, 혹시 커피 필요하십니까?"

"아 네, 편하신 대로요"

'아…, 편하신 대로요?ㅎㅎ'

부기장님의 대답에 나도 활짝 웃으며 답했다.

"네~ 그럼 저는 안 타는 게 편하니까, 커피 안 타겠습니다."

그리고 부기장님 보란 듯이 꺼내 놓은 컵들을 착착 정리하고 커피도 넣어버렸다. 그러자 부기장님의 아차! 하는 다급한 목소리가 들려왔다.

"커, 커, 커, 커, 커피요!"

부기장님은 그렇게 다급히 커피를 외치고 조종실 안으로 들어가셨다.

부기장님 입장에선 지나치듯이 쉽게 한 말이었을지도 모르지만,

의욕을 갖고 열심히 일하는 승무원 입장에서는 이런 말 한마디에 사기가 꺾이고 맥이 빠진다. 서로 조금씩만 입장을 배려하면 참 좋을 텐데 말이다.

안 타겠습니다!

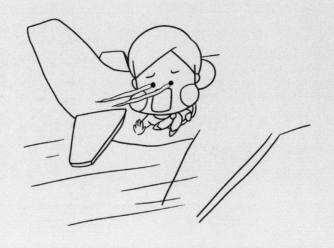

4장

아름다운

비행

뚝배기는 깨져야 제맛

하얀 눈밭에서 외치는 '오겡끼데스까~ 와따시와겡끼데쓰!'

일본 영화 〈러브레터〉를 보지 않은 사람은 있어도 이 유명한 장면을 모르는 사람은 없을 거다. 〈러브레터〉의 배경은 일본 홋카이도에 있는 오타루라는 도시다. 그 바로 옆에 위치한 도시가 삿포로다. 〈러브레터〉 촬영지와도 가깝고, 여름이면 라벤더가 활짝 펴 보랏빛으로 물드는 아름다운 곳이다. 또 골프 시설도 잘돼있어 삿포로행 비행기는 1년 내내 늘 승객이 많다. 특히 단체 승객이 많은 노선인데, 단체 승객만의 특성이 있다.

누군가 라면이나 커피를 주문하면 마치 도미노처럼 연쇄 주문을 한다는 거다. 비행 전 브리핑에서 단체 탑승 현황은 미리 파악하기 때문에 단체 승객이 많은 날은 비장한 마음으로 비행기에 오르곤 했다. 그날도 여느 때처럼 단체 승객이 탑승한 날이었다. 다만, 조금 많이?ㅎㅎㅠㅠ 그리고 사전 주문 기내식 또한 탑승객의 절반 가까이 신청한 상황이었다. 시작도 전에 이미 너무나 알 것 같은, '영혼 탈곡'이 예상되는 이 긴급 사태에 사무장님은 빠르게 두뇌 회로를 돌려 계획을 짜셨다.

"연실 씨, 오늘 기내 판매 많을 것 같으니까 내가 밀 서비스 하는 동안 판매 시작하고 있어요. 그럼 내가 도와주러 갈게요."

"알겠습니다. 사무장님. 판매 방송하고 바로 주문받겠습니다.

우리는 일사불란하게 움직이기 시작했다. 판매 담당인 셋째 승무원(나)이 포스기를 들고 주문을 받으면, 둘째 승무원이 갤리에서 음식을 조리해 나갈 품목을 정리하고, 넷째 승무원은 자리 번호에 맞게 승객에게 전달. 쿵짝쿵짝 손발 맞춰가며 착착 서비스가 이어지고 있던 그때, 한 승객이 화장실로 이동하던 중 갑자기 쓰러지는 응급 상황이 발생했다.

"손님! 괜찮으세요? 손님! 제 말 들리세요?"

얼른 쓰러진 승객을 제대로 눕히고 다리를 심장보다 높게 들었다. 그리고 몸을 옥죄고 있는 부분의 옷을 느슨하게 풀어줬다. 보통 기내에서 쓰러지는 건 탑승 전 음식을 먹고 탈이 났거나, 기내에서 장

시간 움직이지 않아 혈액 순환이 원활하게 되지 않아서인 경우가 많다.

다행히 쓰러진 분은 의식이 있었다. 비행기 탑승 전 따로 먹은 것은 없었고, 화장실에 가려고 하는데 갑자기 어지러움을 느끼셨단다. 계속 식은땀이 나고 손이 차가워서 일단 담요를 덮어드렸다.

기내에 응급 환자가 발생하면 승무원이 응급 처치를 하는 동안 '닥터 페이징탑승객 중 전문 의료인이 있는지 찾는 것'을 한다. 보통은 탑승객 중에 의사나 간호사, 혹은 약사처럼 의료업에 종사하는 분이 한 분씩은 계시는데 그날따라 한 분도 계시지 않았다. 우리는 계속 팔다리를 주무르며 상태를 확인했다. 정말 다행스럽게도 우리의 처치가 도움이 됐는지 승객의 혈색이 점점 돌아오기 시작했다. 그렇게 우리는 큰 탈 없이 목적지에 도착할 수 있었다.

한시도 마음 놓을 수 없던 아찔한 비행을 끝내고, 나는 한숨 돌리며 기내 물품용 박스를 정리했다. 정리를 마치고 박스 문까지 닫고 '끝났다!' 하고 보니 바닥에 물건을 질질 흘려놨지 뭔가. 안녕하세요. 오늘의 자아 '김칠칠'입니다.^_^ 그럼 그렇지, 하며 바닥에 떨어진 물건을 주워 힘차게 일어나던 그 순간!

'뚜쉬!!!!!!!!'

"악!!!
!!!!!!"

잘 닫은 박스 문이 왜 그리 활짝 열려있는 건지. 그 활짝 열린 문
에 김칠칠 씨는 자신의 소중한 뚝배기(머리)를 내던지고 만 것이다.
그렇게 나는 오늘도 뇌세포 살인마가 됐다. 문에 찧인 부분을 손으
로 문지르며 후배한테 떨어진 물건을 건네주는데… 뭐야 뭐야, 이거
뭐야? 이거 눈물이니? 피니? 피눈물이니??

"선, 선배님! 피납니다!"

아, 현기증…. 비틀거리며 나는 방송을 시작했다.

"지금 기내에 응급 환자
가 발생하여 의료인의 도움
이 절실히 필요합니다. 손님
중에 의사나 간호사 전문 의
료인이 계시면 승무원에게
말씀해주시기 바랍니다."

오 마이 뚝배기

선배님!!!

저… 피난다요…?

이렇게 뇌세포 살인마는 티웨이 승무원 최초로 비행하다가 뚝배
기까지 깨고 셀프 닥터 페이징을 한 인물이 됐다. 그래도 나름 일타
쌍피 아닌가. 피(皮)가 아니라 진짜 피(血). ^_^

비행기에서 제일 많이 발생하는 병,
뇌빈혈 응급 조치 방법

팔, 다리를 주무른다.

신발을 벗긴다.

(혈액 순환 개선)

여성 승객의 경우
브래지어의 끈을 푼다.

(혈액 순환 개선)

다리가 머리 위치보다
더 위로 갈 수 있도록
받침을 댄다.

허리를 푼다.

(혈액 순환 개선)

뇌빈혈이란?

좁은 기내에서 장시간 이동 시, 일시적으로 빈혈이 생기면서 쓰러지는 질환으로 혈액 순환을 도와주면 의식이 돌아오는 경우가 대부분이다.

레전드 비행(1)
100분 토론

　방콕행 비행기 안, 각자 맡은 일을 끝내고도 도착지까지 시간이 한참 남아 우리는 잠을 쫓기 위해 커피를 마시며 갤리에서 수다를 떨기 시작했다. 그날의 화두는 사무장님의 연애 고민이었다. 세상에서 가장 재밌는 게 남의 연애사 아니던가! 우리 대화는 남자가 여자를 대할 때 헷갈리게 하는 것과 진심의 상관관계는 얼마나 되는가로 이어졌다. 결혼 정보 회사 직원들이었으면 회사를 이끌어나갈 인재 중의 인재였으리.

　그중에서도 특히 열띤 토론의 장을 만든 주제는 '이성 간의 교제 전 스킨십 허용 범위'였다. 의견은 둘로 갈렸고, 100분 토론을 방불케 하는 열띤 토론이 시작됐다. 사무장님과 막내는 '사귀기 전 키스는 안 된다!', 나랑 셋째는 '사귀기 전 키스는 된다!'는 첨예한 대립 상황.

"사귀는 사이가 아닌데 어떻게 키스를 하니!"

"사무장님, 앞뒤가 꽉 막히셨습니다? 키스하고 사귀면 되지 않습니까?"

"키스만 원하는 사람이면 어떻게 할 건데?"

"애초에 그런 애매한 인간은 거르십시오. 키스할 것도 없습니다. 남자는 마음에 드는 여자한테 애매하게 안 합니다."

이 흥미진진한 토론은 비행이 끝나고 호텔로 이동할 때까지도 이어졌다. 급기야 함께 호텔로 이동하던 기장님과 부기장님도 우리의 토론에 관심을 보이기 시작했다.

"부기장님! 남자는 마음에 드는 여자한테 애매한 행동 안 하지 않습니까?"

"네? 아, 그렇죠."

"기장님! 저희가 '사귀기 전 키스해도 되는가'에 대해서 토론을 하고 있었거든요? 기장님은 어떻게 생각하세요?"

기장님, 등판 기회만 엿보고 계셨던 게 분명하다.

"아, 그것은 각자의 생각과 가치관에 따라 굉장히 다르지. 그래서 규정을 내릴 수가 없고…."

"아니, 기장님, 뭔 소리하십니까! 지금 분위기 완전 좋았는데! 맥이 딱 끊겼어. 완전 맥커터세요 지금. 그래서 키스해도 됩니까, 안 됩니까?"

이런 심각하지 않지만 심각한 대화가 호텔로 가는 50분 내내 이어졌다. 기장님은 대화를 더 이어나가고 싶으셨는지 호텔 체크인을 하는 동안 슬쩍 말을 흘리셨다.

"다들 들어가서 쉴 거면, 나랑 부기장이 두리안 사올 테니 같이 먹지."

지금 새벽 3시가 넘었는뎁쇼?ㅎㅎ 이 시간에 굳이 굳이 굳이 나가서 두리안을 사오시겠다니, 기장님도 참. 내심 우리 대화에 끼고 싶으셨던 거 맞다니까.ㅎㅎ

레전드 비행(2)
오빠, 나와도 돼!

두리안은 생소해서 도전해보지 않았던 과일인데, 막 껍질을 깐 생과로 먹는 두리안은 의외로 냄새가 심하지 않았고, 고구마 같은 식감이어서 거부감없이 잘 먹을 수 있었다.

"기장님, 생각보다 두리안이 맛있네요!"

"응, 내가 두리안을 참 좋아해. 아내도 좋아하고. 그건 그렇고, 아까 그 이야기의 결론은 났는가?"

"아직 안 났습니다. 기장님."

"여기 객실 승무원들도 괜찮은 부기장들 있으면 만나고 그래~ 같은 회사 다니면 얼마나 좋아! 내가 예전에는 소개팅도 많이 시켜주곤 했는데 말이야."

"어, 그러면 지금도 해주시면 되지 않습니까?"

"아 그게 말이지…."

기장님은 이전에 근무했던 항공사에서 겪은 일화를 말씀해주셨다. 같이 비행을 했던 부기장이 참 괜찮아 보여서, 평소 아끼던 승무원과 소개팅을 시켜주고 싶으셨다고 한다. 그래서 그날 비행이 끝나고 호텔 체크인을 하면서 승무원에게 일도 끝났는데 부기장까지 해서 같이 맥주 한 잔 마시자고 권하셨단다.

기장님이 그 승무원을 아꼈던 이유는 평소 참하고 수수한 모습 때문이었다고 했다. 그날도 수수한 원피스 차림으로 약속 장소에 나왔는데, 혼자 나오기가 조금 어색했는지 다른 승무원 한 명을 데리고 나왔더란다. 그런데 같이 나온 승무원의 복장이 몸에 딱 달라붙는 화려한 빨간 셔츠와 청바지로 매우 심상치 않았던 것. 화려하게 꾸미고 나온 승무원이 신경 쓰였지만, 그래도 부기장은 좋은 사람을 알아볼 것이라는 믿음으로 적당히 자리를 깔아준 뒤 기장님은 호텔로 돌아오셨다고 한다. 그런데 다음 날, 아침 식사 자리에 부기장이랑 승무원 한 명이 안 보인 것이다.

"원피스 승무원이 안 나왔을까? 빨간 셔츠 승무원이 안 나왔을까?"

"빨간 셔츠!"

"정답! 그래서 내가 그다음부터는 소개팅 주선을 안 해…."

본인은 부기장이 좋은 사람 같아 큰맘 먹고 딸처럼 아낀 승무원을 소개해준 거였는데, 결국 그 승무원이 아닌 다른 승무원이랑 만나는 사이가 됐다고 지금까지 안타까워하셨다. 그렇게 시간 가는 줄 모르고 수다를 떨다 늦게 잠드는 바람에 나의 몸뚱아리는 아침식사고 나발이고 일어나길 거부했다. 무슨 일이 벌어진지도 모르고 말이다.

그 시간, 호텔 식당에서 나를 뺀 승무원 세 명과 기장님이 아침 식사를 하러 내려갔다가 마주쳤다.(참으로 부지런한 사람들이 아닐 수 없다.ㅎ)

"어? 왜 세 명이야?"

"아, 연실 씨는 피곤해서 안 먹는다고 했습니다."

……?

'띵동!' '띵동 띵동!' '띵동 띵동 띵동!'

갑자기 내 방 벨이 미친 듯이 울리기 시작했다.

다급한 벨소리에 깜짝 놀라 눈을 뜨고 날다시피 문을 향해 가 열었다. 그런데 문이 채 다 열리기도 전에 세 승무원이 내 방으로 쏟아져 들어와 이곳저곳을 뒤지기 시작하는 게 아닌가.

"아니, 도대체 무슨 일…."

"부기장님 어딨어?!"

"네? 무슨 소리 하시는 거예요…."

아직 잠이 덜 깨서 눈도 제대로 못 뜬 나는 어안이 벙벙했다.

"부기장님 이 방에 있지? 어디 있냐고!"

"아니, 이 사람들이 진짜! 아침부터 왜 남의 방에서 부기장님을 찾아요! 부기장님이 왜 제 방에 있냐고요. 나 혼자 아주 잘 자고 있었고만!"

알고 보니 식사 시간에 나뿐만 아니라 부기장님도 나오지 않으셨던 거다. 승무원 한 명과 부기장, 딱 둘만 나오지 않은 아침 식사 시간, 그리고 오버랩되는 기장님의 소개팅 주선 일화. ㅎㅎㅎㅎㅎㅎ

"부기장님 안 계시니까 이제 방으로 돌아가야겠다. 이제 나가자, 얘들아."

사무장님이 돌아서며 새침하게 말하자, 다들 쪼르르 따라나섰다.

그 순간, 내가 씨익 웃으며 외쳤다.

"오빠~ 이제 나와도 돼~"

"꺄아아아아아아아아아아아악!!!!!"

그 비명소리가 아직도 내 달팽이관에 울리는 것 같다. ㅎㅎ 승무원

생활을 통틀어 가장 재밌었던 비행을 꼽으라고 한다면, 이때의 비행을 꼽는다. 나의 잊지 못할 레전드 비행!

승무원들은 비행 뒤 휴식 시간에 뭘 할까?

운동하기.

밀린 잠자기.

돌아오는 비행 준비.

주변 산책 야 투어.

끼니 해결하기.

(with 맛집)

일등 며느리감

국제선 비행기에는 반입이 금지된 품목들이 꽤 있는데, 보안 심사에서 금지 품목이 하나라도 발견되면 누구에게나 예외와 자비 없이 즉시 폐기된다. 액체류도 수많은 기내 반입 금지 품목 중 하나다. 개별 용기당 100밀리리터까지만 기내 반입이 허용되고, 개별 용기당 100밀리리터를 넘지 않더라도 인당 소지한 액체류의 총량이 1리터가 넘으면 초과하는 양은 폐기 처분된다. 액체류가 왜 기내 반입 금지 품목인지 잘 이해하지 못하는 사람들도 있지만, 액체는 기내에서 액체 폭탄으로 이용될 수 있다.

그런데 우리가 어떤 민족이던가. 동방의 흥 넘치는 음주 가무의 민족 아니던가. 고가의 술을 면세 찬스로 시중가보다 저렴하게 살 수 있는 기회를 절대 놓치지 않는 민족이란 말이다. 그런데 다들 알

다시피 면세점에서 파는 웬만한 주류는 제한 용량을 넘는다. 그럼 면세 찬스로 득템한 소중한 술도 뺏기는 걸까? 당연히! 그렇지 않다. 당신의 술은 소듕하니까요. 다 지켜드립니다. 어떻게? 기능성 비닐백에 넣어 꼼꼼히 포장한 뒤 개봉 방지 스티커까지 야무지게 붙여서.

이게 별것 아닌 것처럼 보여도 '이 물품은 면세점 구매 물품임, 액체 폭탄 아님!'이라고 증명해주는 아주 중요한 역할을 한다. 이 비닐백은 승무원 용어로 '스텝백STEP(Security Tamper Evident) Bag'이라고 하는데, 이 스텝백으로 말할 것 같으면 널리고 널린 그런 보통의 비닐백이 아니다. 스텝백은 스티커를 붙였다 떼는 순간! 무조건 자국이 남는 신기방기 진기명기한 백이다. 그래서 스텝백에 스티커 자국이 있다! 하면 그 안의 면세품은 무조건 오염된 걸로 간주한다. 왜냐? 면세품으로 구입한 주류를 버리고 액체 폭탄으로 바꾼 뒤 다시 스티커를 붙일 수도 있기 때문이다.

이렇게 장황하게 액체류 반입 금지에 대한 항목과 스텝백에 대해 구구절절 설명을 늘어놓은 이유는 의외로 심심치 않게 만나뵐 수 있는 분들 때문이다. 바로 음주와 가무에서도 특히 음주에 타고나신 분들, 호치민으로 가던 밤 비행기에서 만난 그분들처럼.

여느 때처럼 기내 서비스를 하고 있는데 한 승객 일행을 지나가던 중 알코올 냄새가 내 코에 쑤셔박혔다. '이건 위스키 냄새다. 시속 500킬로미터로 지나간다고 해도 알 수 있어. 위스키 냄새가 분명해.' 나는 가던 길을 멈추고 휙 돌아서 위스키 냄새가 풍겨오는 위치에 날카로운 시선을 꽂았다. 아무 말 없이 시선만 돌렸을 뿐인데 갑자기 딴청을 피우며 누가 봐도 어색하게 활짝 웃는 수상한 모습의 승객 무리. 나는 계속 아무 말 없이 승객 무리를 쳐다봤다.

"에이~ 아가씨! 우리 딱 한 잔만 마신 거야."

"네? 저 아무 말도 안 했는데요? 아, 한 잔 마셨나 보네요, 손님? 아이고~ 이거 로얄살루트 21년산인가요?"

"비행기에서 얼른 마시고 푹 자려고 조금씩 했지. 한 번만 봐줘."

"한 잔만 마셨는데, 이렇게 심하게 냄새가 난다구요? 얼마나 드신 거예요! 너무 하시네~ 술 이리 주세요!"

"에이~ 이제 그만 먹을게! 진짜 딱 한 번만 봐줘, 응?"

"얼른 주세요."

"…알겠어…."

내 단호박 거절에 시무룩한 표정으로 술병을 건네시는 아버지뻘 승객의 모습이 귀엽기도 하고 안쓰럽기도 했다. 하지만 룰은 룰, 안 되는 건 안 되는 거다. 나는 술병을 받아 내릴 때 드리겠다고 하고

갤리에 잘 보관해뒀다. 그리고 착륙이 40분 정도 남았을 때 술병을 다시 가져갔다.

"자, 여기요."

"아이고! 감사합니다!"

"이렇게 면세점에 구입한 주류는 기내에서 절대 드시면 안 돼요, 손님. 지나친 음주로 문제가 생기는 걸 방지하기 위해서도 그렇지만, 면세점에서 구입한 주류는 뜯기만 해도 기내 액체류 반입 기준 위반이에요. 다음부터 조심해주세요."

"응! 당연하지! 이제 안 먹을게!"

보통 승객들은 가벼운 마음으로 기내에서 면세품을 뜯지만, 면세품으로 구입한 주류를 뜯어서 마시는 건 무엇보다 보안상 심각한 문제가 될 수 있다. 면세점에서 주류 판매자들이 손님들에게 도착지까지 절대 포장지를 뜯으면 안 된다고 안내하는 이유다.

그렇게 무사히 호치민에 도착했는데, 아까 그 위스키 승객이 갑자기 명함을 주시는 게 아닌가.

"아가씨, 내가 아들이 하나 있는데 소개 한번 받아보는 거 어때? 내가 아가씨가 정말 괜찮은 거 같아서 그래!"

하하하하하하하핳ㅎ하하하핳핳하하하핳하…… 하, 나도 젊은 남자 승객한테 명함 한 번 좀 받아보자. 왜 맨날 며느리야.

기내 반입 금지 품목
(중요도: ★★★★★)

당연한 이야기지만 모든 폭발이나 화재를 유발하는 물건들은 일절 금지다. 탄약이나 폭죽같이 폭발하는 물건, 헤어스프레이나 부탄가스처럼 가스를 포함해 화기를 만나면 폭발하는 물건, 불과 만났을 경우 화재를 더 키우는 페인트, 알코올, 고체 연료, 번개탄 등이 그렇다. 같은 경우도 금지 품목이다.

그 외 산화성이 강한 물질이 락스나 표백제, 독성을 가지고 있는 살충제나 제초제, 방사선 물질이나 수은, 습식 배터리 등도 반입 금지 품목이다.

위에 언급한 물건들은 기내 반입뿐만 아니라 수하물로도 반입이 금지된 품목들이다.

반대로 리튬 배터리는 수하물로는 반입 금지지만, 기내 반입은 허용돼있기 때문에 보조배터리, 노트북, 핸드폰, 태블릿 PC, 전자 담배 등은 휴대해 기내에 가지고 타야 한다.

동화 속 세상은 늘 아름답길

들뜬 마음으로 길게는 몇 달, 짧게는 몇 날 며칠을 기대한 여행. 신나게 공항에 와 비행기를 탔는데 내 근처에 아기가 있다면? 대부분의 승객은 공포에 질린다. 아기들은 어디로 튈지 알 수 없는 시한폭탄 같은 존재이기 때문이다. 이건 승객뿐 아니라 승무원도 마찬가지다. 이런저런 이유로 아기를 불편해하는 승무원이 많은데, 나는 절대적으로 예외였다.

아기들만 보면 내 눈은 하트로 뿅뿅 변한다. 아기 특유의 냄새도 좋고, 조그만 손발과 통통한 팔다리는 또 어찌나 귀여운지. 그런 말도 있지 않던가, '귀여움이 세상을 구한다'ㅎㅎ. 나는 전적으로 이 말에 동의한다. 아기들이 순수한 눈망울로 나를 쳐다보면 내 마음속까지 뽀송뽀송해지는 느낌이랄까. 그래서 아기 승객만 보면 귀엽다고 호들갑 떠는 내 모습을 본 승객들은 빨리 결혼해야겠단 얘기를 하시곤 했다.

이렇게 아기를 좋아하는 나는 정말 다양한 아기 승객들을 응대하며 '아기는 왜 우는가'에 대해 나름의 분석을 하는 경지까지 올랐다. 내가 분석한 이유는 이렇다.

첫째, 배가 고프다.

둘째, 기저귀가 불편하다.

셋째, 잠이 온다.

넷째, 몸이 아프다. 특히 압력 차로 귀가 아프다.

다섯째, 새로운 공간이 낯설어 무섭다.

기내에서 우는 아기 대부분은 이 다섯 가지 범주 내에서 이유를 찾을 수 있기 때문에, 대처도 나름 수월하다. 하지만 늘 예외는 있는 법. 도무지 이유를 알 수 없을 때가 있다. 제주를 떠나 김포로 향하는 비행기에서 만난 아기처럼 말이다.

이륙하고 얼마 되지 않은 상황이었는데, 엄마 품에 안긴 한 아기가 창밖을 바라보며 눈물을 뚝뚝 떨구고 있는게 아닌가. 보통의 아기들은 '으앙'하고 울어버리는데, 이 아기는 너무 처연하게 닭똥 같은 눈물만 흘리며 울고 있었다.

"어머니, 무슨 일 있으세요? 혹시 아기가 어디 아픈가요?"

"아, 제주도랑 헤어지는 게 너무 슬프대요, 픔."

아기 어머니도 아기가 우는 모습이 안쓰러우면서도 귀엽고 웃기신 모양이었다. 그런데 대답을 들은 나는 동화 속 세상에 있는 것 같은 아기의 순수한 마음에 완전히 감동을 받아버렸다. 갤리로 황급히 돌아가 승무원에게 고마움을 전달하는 카드로 배치돼 있던 '칭송 카드'(지금은 없어졌다.)를 꺼내 편지를 쓰기 시작했다. 그리고 다른 승무원들에게도 요청했다.

"32열에 앉은 아기가 제주도랑 헤어지는 게 너무 슬퍼서 지금 울고 있어요. 여기에 한마디씩 써주세요."

내 요청에 승무원들은 너무 귀엽다며 다들 한마디씩 적고, 풍선으로 꽃팔찌도 만들었다. 그렇게 완성된 편지와 꽃팔찌를 아기 어머니에게 드리니 무척 고마워했다.

"어머니 아기 이름이 어떻게 돼요?"

"**이에요."

"**아, 안녕? 제주도랑 헤어지는 게 그렇게 슬퍼? 오늘은 제주도랑 안녕하고 다음에 이모들이랑 같이 또 제주도 가자! 그러니까 제주도랑 헤어지는 거 아니야. 다음에 또 보는 거야, 알겠지?"

내 말에 아기는 닭똥 같  은 눈물을 후드득 몇 방울 더 떨구더니 말없이 고개를 끄덕이며 나와 손가락 약속 을 했다. 나는 덩달아 코끝 이 시큰해졌다. 어떤 부모는 승무원이 아기 만지는 걸 싫어하기도 하고, 승무원 입장에서도 쉽게 다칠 수 있는 아기들은 회사의 책임 사유에 따라 문제가 커질 수 있 어 대할 때 항상 조심스럽다. 직접적인 손길을 원치 않는 경우, 부모 를 도와드리는 선에서 응대하고 서비스를 종료한다. 하지만 그런 분 들보다 승무원의 도움을 감사히 생각해주는 분들이 더 많다는 걸 승 무원 생활 내내 느꼈다.

사실 승객에게 특별한 감정을 가지지 않고 매뉴얼대로 서비스하 고 응대하는 게 흔히 말하는 우리의 직업 정신이지만, 사람을 상대 하는 일이기 때문에 이렇게 감정과 온기가 오가기도 한다. 물론 어 떤 일이 발생할지 모르기 때문에 늘 조심하되, 나는 그 안에서 내가 할 수 있는 최대한의 친근한 모습으로 사람들에게 따뜻한 도움을 주 고 싶었다. 그게 비행에서 가장 중요한 가치인 안전과 사람을 모두 지키는 일이 아닐까.

아기들과의 비행을 하면

승무원이 손님의 아이를 만지는 것은 금지 행위다. 다만, 부모님의 허락이 있을 경우에는 아이들과 놀아주거나 달랠 수 있다.

- 갓난 아이의 경우

: 비행기의 고도가 올라가면서 귀가 먹먹해지는데, 아이들에게는 아프다고 인식이 되는지 우는 경우가 많다. 감기 기운이라도 있으면, 조절이 어려워져서 더 심하게 우는 경우가 많다. 그럴 때 아이가 물을 조금 마시도록 도와준다. 그래도 울음을 그치지 않는다면 주변 승객들에게 양해를 구하고 귀마개 서비스를 한다.

- 조금 큰 아이들의 경우

: 간단한 의사소통이 가능한 정도가 되면, 역시 부모님의 허락이 있을 경우 기내 구경을 잠시 해주거나 종이와 펜을 가져다줘 낙서하게 해주면 금세 집중하여 조용해진다. 남자아이들의 경우에는 멋있는 로봇 놀이를 하여 달래준 적도 있고, 여자아이들의 경우에는 귓속말로 마치 둘만의 비밀 얘기를 하는 것처럼 달래준 적도 있다.

저는 두 분 다 불편합니다만?

일반적으로 비행 스케줄이 잡히면 사무장부터 막내 승무원까지 적당한 기수 차이로 같은 비행에 배정된다. 물론 예외도 있다. 그런데 왜? 그 예외에 내가 걸리냐고요, 왜!!!!!!!!ㅜㅜ

문제의 스케줄은 방콕으로 가는 스케줄이었는데, 함께 배정된 사무장님과 둘째 승무원 두 분이 같은 과장 직급이었다. 게다가 막내는 남자 승무원. 스케줄표를 보자마자 나는 동공 지진과 함께 대혼란 속에 빠졌다.

'나 어떤 분이랑 방 쓰는 거야?'

이번 비행은 1박 3일 일정으로 하루는 호텔에 체류하는데, 승무원 네 명에게 세 개의 방이 배정됐다. 이런 경우는 보통 셋째 승무원과 넷째 승무원이 함께 방을 쓰는 것으로 정리된다. 문제는 이번 비행의 넷째가 남자 승무원이라는 것이다. 그럼 방 한 개가 통째로 막내 승무원에게 간다. 이제 남은 방은 두 개. 이 두 개의 방 중 내가 어느 방에 들어가느냐를 결정해야 하는데, 이게 꽹장히 어려운 문제다. 막상 방을 혼자 쓰는 건 무서워서 싫은데, 선배와 같이 쓰는 건 더 싫은…. 이거 나만 그런 거 아니잖아요. 다들 아는 느낌이잖아요…. 차라리 몸이 아파서 그 비행 스케줄에서 빠질 수 있다면 좋겠다고 생각할 지경이었다. 초조하고 불안한 마음에 다른 선배들을 붙잡고 동네방네 하소연도 했다.

"며칠 뒤에 방콕을 갑니다. 그런데 막내 승무원이 남자고, 제가 셋째로 갑니다. 그러면 제가 선배님이랑 같은 방을 써야 하지 않습니까? 그런데 사무장님과 둘째 선배님 두 분 모두 직급이 과장님이십니다. 저는 어떤 분이랑 방을 써야 됩니까?"

"헐ㅋㅋㅋ, 스케줄이 그렇게 나왔어요? 난감하겠다.ㅋㅋㅋ"

"네, 그래서 2주 전부터 떨렸습니다."

"병가가 답이네. 이건 병가 완전 인정해줘야지.ㅋㅋㅋㅋㅋㅋㅋ 아, 미안해요, 웃어서.ㅋㅋㅋㅋㅋㅋ"

이것 좀 보시라. 누가 봐도 이렇게나 난감한 상황인 거다! 드디어 대망의 비행 당일, 어째 이 몸뚱아리는 이럴 때는 아프지도 않고 어찌나 튼튼한지. 아직 비행은 시작도 안 했는데 심장이 두근거렸다.

아니나 다를까, 과장님 두 분이 대리 나부랭이인 나를 두고 실랑이를 벌이기 시작했다.

"저는 경력직이긴 하지만 아직 사무장 직책은 받지 못했잖아요. 사무장님이 혼자 맘 편히 방 쓰세요."

"아닙니다. 과장님도 경력 인정받고 오신 거잖아요. 나이로도 언니신데, 혼자 쓰셔도 저는 괜찮습니다."

흠…, 근데 선배님들, 왜 '내가 김연실과 쓰겠다!' 말을 못 하시는 겁니까? 이건 마치 '저 나부랭이는 제가 거둘 테니, 심려 마시고 혼자 푹 쉬십시오.' '아닙니다. 제가 희생하겠습니다' 이런 분위기 아닙니까? 그냥 다 저의 느낌적인 느낌인 거죠? 이래저래 나는 정신줄을 놓아가고 있는데, 갑자기 두 분이 나를 보며 물었다.

"연실 씨, 누구랑 방 쓰고 싶어요? 연실 씨가 골라요."

"그래, 연실 씨. 연실 씨가 당사자니까 누가 편한지 골라요~"

??????????????? '저더러 고르라구요? 저렇게 진지한 눈으로? 진심이십니까 지금?' 내 정신줄은 진작에 끊겼지만 그래도 나 김연실, 노빠꾸 주둥이를 달고 태어났지.

　"굳이 골라야 합니까? 저는 과장님들과 쓰는 거 불편한데, 두 분이 쓰시는 건 어떤가요? 방 배정도 이리 힘들어서야 원, 저는 영 승무원이 체질에 안 맞는 거 같습니다. 그만둬야겠어요."

　"아니야, 연실 씨! 우리가 잘못했어."

　"천상 승무원인 연실 씨를 그만두게 하면 안 되지. ㅋㅋㅋㅋ"

　"아니에요. 과장님들이랑 같은 방을 쓸 바에는 막내랑 쓸래요. 남자라서 절 싫어할 것 같긴 한데, 저는 차라리 그게 낫겠습니다."

　예상치 못한 내 대답에 두 분의 웃음이 터졌다.

　그래서 나와 함께 방을 쓰게 된 분은?

　가위바위보에서 진 둘째 승무원 과장님이셨다는 거.

타입별 레이오버 즐기는 법

비행기에 물건 두고 내리는 게
제 취미거든요!

"아, 맞다!"

이 소리는 서울 사는 김연실 씨가 비행기에서 내릴 때 매번 내뱉는 소리로, 물건을 비행기에 놓고 내렸음을 깨닫는 외마디 절규입니다.(feat.우리의 소리를 찾아서)

그렇다. 나는야 비행기에 물건을 질질 흘리고 다니는 승무원.^_^ 큰 항공사였다면 놓고 내린 물건을 다시 찾는 게 쉽지 않을 텐데, 당시 티웨이는 규모도 작고 다음 스케줄 승무원들이 누군지 다 알 수 있어서 놓고 내린 물건을 비교적 수월히 찾을 수 있었다.

될성부른 나무는 떡잎부터 알아본다 하지 않았던가. 나도 떡잎이던 신입 때부터 기대를 저버리지 않았다. 그날은 기내 서비스에 필요한 앞치마를 두고 내렸는데, 앞치마가 한 벌뿐이던 시절이라 무조건 찾아내야 했다. 특히나 브리핑 중 질문에 대답만 못해도 비행 준비가 안 된 걸로 간주해 비행에서 제외되는 엄격한 분위기에서 앞치마가 없다면? 안 돼, 안 된다. 절대 그런 일은 발생하면 안 된다.

'내일 8268편으로 새벽 비행 가는 사람? 나 앞치마 두고 내렸어! 살려주세요. ㅜㅜ'

떨리는 손으로 다급히 SNS 동기 단체방에 메시지를 남겼다. 하지만 다음날 8268편으로 새벽 비행을 가는 동기는 아무도 없었다. 그래도 세상은 날 버리지 않았는지, 아는 정비사분을 통해 겨우겨우 앞치마를 품에 안을 수 있었다. 앞치마뿐이겠나. 업무 매뉴얼 책은 또 얼마나 많이 두고 내렸던지. 그렇게 주인 잃고 비행기에 남겨진 매뉴얼 책은 기밀 문서라도 되는 듯 비밀리에 다음 승무원이 지상 직원에게, 그리고 다시 공항 직원에게 전달하며 돌고 돌아 내게 오기도 했다. 요즘은 핸드폰에 매뉴얼을 저장할 수 있어서 그럴 일도 없어졌다. 그런데 매뉴얼이 담긴 바로 그 핸드폰을 놓고 내리면? 후후.

"어? 사무장님. 저 또 핸드폰 두고 내렸나 봅니다."

내가 하도 물건의 종류를 가리지 않고 두고 내리니까, 나중에는 그 누구도 내가 뭘 놓고 내렸다는 거에 놀라지 않았다. 오히려 비행

기에 덩그러니 남겨진 승무원 물건만 봐도 다들 이렇게 말했다고
한다.

  "아, 그거 분명히 연실 씨가 두고 간 걸 거예요. 연실 씨 취미가 두
고 내리는 거거든요."

자발적 하기 & 비자발적 하기

낙장불입(?)
비행기에 한 번 타면 끝, 한 번 내려도 끝!

비행기에 탑승하거나 내리는 승객들 중 꽤 많은 분들이 탑승 게이트 혹은 기내에 물건을 두고 가는데 기내에 발을 들인 순간, 기내 밖으로 나간 순간 아차 하고 떠올라 다시 돌아가려고 해도 승무원에게 제지당하고 만다.

이는 항공 보안상의 이유 때문이다. 한 번 비행기에 발을 들이거나 나갈 경우, 버스에 타고 내리듯 내 마음대로 다시 비행기에 타거나 내릴 수 없다. 과거 세계 항공 역사에 그런 방법으로 기내에 폭발물을 설치하고 빠져나간 테러 사건들이 있었기 때문이다.

만약 기내에 탑승했다가 내리게 되면 공항 경찰대에 신분증을 넘겨 신분 조사에 들어간다. 이때 이 신원 정보는 국정원의 조사까지 넘어가 이상이 없다는 소견이 있어야 한다. 또한 기내에 탑승한 모든 승객이 내려 폭탄물 같은 위험 물건이 없는지 확인하고 나서야 다시 승객들을 태우고 비행기가 출발할 수 있다. 이건 승무원에게도 예외가 없다.

이런 이유로 물건을 두고 온 승객이 직접 움직이지 못하고 승무원과 지상 직원이 협력해 일을 해결한다.

손이 없는 건지 뇌가 없는 건지

'띵! 띵! 띵!' 착륙 20분 전, 좌석 벨트 사인이 세 번 깜빡였다. 이제부터 승무원들은 바삐 움직이며 안전한 착륙을 위해 승객들의 좌석 등받이와 좌석 테이블 원위치, 창문 가리개 열기 등이 제대로 됐는지 확인하고 승객들께 좌석 벨트를 매라고 안내한다.

그날 승객들 중에는 비행기가 익숙하지 않은 한 노부부 승객이 계셨는데, 좌석 등받이를 원위치로 돌리지 못해 헤매고 계셨다. 그 모습을 본 사무장님이 승객을 대신해 등받이 버튼을 눌렀다. 그런데 이렇게 등받이 버튼을 대신 누를 때면 버튼 위치 때문에 승객과 몸이 닿을 정도로 가까워질 수밖에 없다.

그런데! 그 상황을 지켜보던 옆 좌석의 중년 남자 승객이 갑자기 좌석 벨트를 슬며시 푸는 게 아닌가. 그러고는,

"아가씨, 나도 해줘, 나도."

ㅅ… 이럴 때는 정말 욕이 목구멍까지 차오른다. 그뿐만이 아니다. 언젠가는 비상구열 좌석 승객에게 필요한 안내를 하고 있는데, 한 남자 승객이 좌석 벨트 매는 법을 모르겠다며 매달라고 부탁한 적이 있다. 그러자 주변에 있던 남자 승객의 일행이 다 같이 재밌다는 듯 웃었다.

'하, 이런 미친…' 하지만 난 그렇게 호락호락하지 않지. 태연하고 아주 친절하게 응답했다.

"네. 잠시만요. 설명 끝나고 도와드리겠습니다."

그리고 설명을 마치자마자 갤리로 가서 남자 승무원에게 말했다.

"15C 손님께서 좌석 벨트 못 매겠다고 하십니다. 가서 좌석 벨트 좀 부탁드릴게요."

요청을 접수한 남자 승무원이 승객에게 다가가 묵직한 저음으로 말했다.

"손님, 좌석 벨트 매는 것 도와드리겠습니다."

그때 그 승객의 화들짝 놀란 표정을 다들 봤어야 하는데 말이다. "어이구! 아닙니다!" 하더니 빠른 손놀림으로 착착 참 잘도 매더라.

여자 승무원 앞에서는 없던 뇌가 남자 승무원 앞에서는 생기기라도

하는 걸까.

좌석 등받이 각도 논란,
어디까지 허용해야 하는가

일단 기내에는 때에 따라 다르긴 하지만 등받이가 고정돼있는 자리들이 있다. 바로 14열이 그렇다. 15열이 비상구열이기 때문에, 비상 탈출에 방해가 되면 안 되기 때문이다. 경우에 따라 맨 마지막 열이 벽과 맞닿아 있으면 등받이가 움직이지 않는다.

등받이를 얼마나 젖히는 것이 맞는지에는 지금까지도 논쟁거리지만, 맞는 답도 기준도 없다. 승객 모두가 요금을 내고 탑승했기 때문에 자신의 마음대로 등받이를 젖혀도 되지만, 좁은 기내에서 앞에 앉은 승객이 마음껏 눕다시피 등받이를 젖힌다면 깊은 화가 올라오는 것이 사실이다.

비행을 하다 보면 작은 다툼으로 번지기도 하는데, 서로 조금씩 배려하여 양보하는 것 외에는 아직까지 별다른 방법이 없다. 그렇다 보니 승무원 입장에서도 참으로 힘든 중재가 아닐 수 없다.

나에게 취하다

'사무장 김연실.'

눈 한 번 깜빡한 거 같은데 어느 날 덜컥 사무장이 돼있었다. 마음의 준비가 안 된 채 막중한 책임을 진 것 같아 떨렸다. 사무장으로서 첫 브리핑 날이 다가왔고, 나는 애써 떨리는 마음을 숨긴 채 인사했다.

"안녕하십니까, 출근하느라 고생 많으셨습니다. 저는 오늘 L1(보잉 737-800 기종의 왼쪽 첫 번째 문 Left 1*) 듀티 김연실입니다."

'좋아, 자연스러웠어 김연실!' L1은 비행기 문을 지칭하는 말이지만, 사무장이 왼쪽 첫 번째 문을 담당하기 때문에 사무장 업무를 뜻하는 용어로도 쓰인다. 나는 딱딱한 분위기를 만들고 싶지 않아서 비행에 함께하는 승무원들에게 특별히 당부했다.

"저 좀 잘 부탁드릴게요. 제가 꽤 손이 많이 가는 스타일입니다. ㅎㅎ"

난 사무장이 되면 함께 일하는 동료 승무원들에게 꼭 전하고 싶은 말이 두 가지 있었다. 첫 번째는 함께 일하는 동료끼리 부딪히고 얼굴 붉히는 일이 생기면 승객들에게도 그 분위기가 전달되기 때문에, 서로 의지하고 함께 '으쌰! 으쌰!' 하며 힘이 되는 비행을 하자는 것이었다. 두 번째는 사무장이라고, 선배라고 하는 말에 무조건 수긍하는 어렵고 힘든 관계에서 벗어나 동등한 승무원으로서 서로 편하게 소통하는 '업무 권력 거리 제로'였다.

비행에서 가장 중요한 것은 '안전'인데, 수직적 분위기 때문에 안전과 직결된 사항에서도 무조건 윗사람의 결론을 따르느라 제대로 대응하지 못하는 게 나는 불만이었다. 이렇게 평소에도 권력에 의해 생기는 업무상의 거리를 싫어했기에, 내가 사무장으로 가는 비행에서는 업무 권력 거리가 없길 바랐다. 리더로서 해결할 문제점은 신속하게 해결해주되 그 외에는 모두가 동등한 승무원으로서 일하고 싶었다.

"자, 브리핑 끝! 합동 브리핑실로 갑시다!"

브리핑은 보통 20분 정도 하는데, 내가 진행한 브리핑은 5분이면 충분했다. 주저리주저리 이 얘기 저 얘기 다 한다고 해서 그게 옳은 길로 가는 길은 아니라고 생각한다. 말은 꼭 필요한 사항만 하고, 나

머지는 팀원들의 재량을 믿고 가도 충분하다고 생각했던 나 자신, 왜 이렇게 멋있어. 다시 생각해도 멋있네. ㅎㅎㅎㅎ

그렇게 브리핑을 마치고 합동 브리핑실에 들어가니 기장님이 'DUTY PURSER' 배지 찬 승무원을 찾으셨다. 이 DUTY PURSER 배지는 사무장이 차는 배지다. 하지만 나는 '나 사무장입니다' 하고 알리는 이 배지도 차지 않았다.

"이 팀은 사무장이 누구인가?"

"접니다, 기장님."

"왜 사무장 배지 안 찼어?"

"저는 배지 없어도 일 잘합니다."

"오, 박수! 아주 멋있구만!"

평소에는 친구처럼 동료로서 다른 승무원들을 대하지만, 문제가 생겼을 때는 사무장으로서 상황에 대한 책임을 지고자 했던 것뿐이다. 그런데 이렇게 박수까지 쳐주시면… 어쩔 수가 없네요. 뽕이 차오른다. 나에게 취한다, 취해. 크흐~

오 마이 눈썹!

준비 시간만 2시간,
늦잠 자는 날이면 그날은 눈썹을 포기하고 달렸다.

이별은 쿨하게

비행을 다니다 보면 별별 상황이 다 일어난다. 회항하는 일도 그
중 하나이다. 그런데 이날의 회항은 유난히도 생생하게 내 기억 속
에 남아있다. 왜냐면 이 비행 스케줄 직전 사직 의사를 전했기 때문
이다. 사업 제안 보고서까지 올릴 정도로 열정적으로 일하던 내가
갑자기 사직 선언을 하니 팀장님은 무척 당황스러워하셨다. 하지만
오랜 고민 끝에 내린 결정이기에 내 마음은 확고했다.

나는 사직 절차에 필요한 서류를 받아서 플라이트 백에 잘 넣었
다. 그래서인지 비행하러 가는 마음이 싱숭생숭했다. 그날은 제주로
가는 비행인 동시에 사무장 체크 비행이기도 했다. 사무장 체크 비
행은 사무장으로서 매뉴얼에 맞게 비행을 잘하고 있는지 점검받는
비행이다.

김포를 출발해서 제주에 도착…, 도착……, ?????? 도착을 해야 하는데, 왜 도착을 안 하지? 도착 예정 시간이 한참이 지나도록 도착 사인이 없는 게 아닌가. 사무장 체크 비행이었기에 나는 눈치만 보고 있는데, 기장님에게 콜이 왔다.

"사무장님, 비행기가 활주로에서 고장이 나 제주 공항 활주로가 폐쇄됐다네?"

"네? 그러면 어떻게 하시겠습니까, 기장님?"

"일단 고어라운드^{공중 선회}하면서 기다리다 안되면 회항해야 해."

"그럼 회항은 미정이니, 승객들께는 고어라운드까지만 안내하겠습니다."

비행기 한 대가 제주 공항 활주로에서 타이어가 찢어져 해당 활주로가 폐쇄됐고, 폐쇄된 활주로에 착륙 예정이었던 우리 비행기는 사용이 재개될 때까지 제주 공항 상공을 선회하며 기다려야 한다는 소식이었다. 공항에 활주로가 한두 개도 아니고, 다른 활주로를 이용하면 되는 거 아닌가 싶을지 모르지만, 그것도 그리 간단한 문제가 아니다. 그렇게 공중 선회를 하던 중 '띵동―!' 다시 한번 기장님의 콜이 울렸다.

"사무장님, 고어라운드 할 연료가 다 떨어져서, 우리도 무안 공항으로 회항해야 할 것 같아. 무안 공항 가서 연료 채우고 재이륙해서 제주로 오자고."

"그럼 무안 공항에서 재이륙하는 시간이 언제쯤인지 알 수 있을까요?"

"그건 제주 공항에서 활주로 상황 보고 알려줘야 하는데, 무안에서 대기하면 연락 올 거야."

"네, 기장님 일단 안내하겠습니다."

승객들 입장에서는 회항을 경험하는 게 드문 일이기 때문에 나는 방송을 서둘렀다. 5분마다 지속적으로 안내 방송을 하고, 오피스에도 해당 내용을 전달했다. 상황이 궁금한 승객들의 개별 문의가 들어오면 거기에도 착실히 응대했다. 이렇게 모든 승무원이 자신의 자리에서 최선을 다해준 덕분에 우리는 별 탈 없이 제주로 다시 돌아올 수 있었다.

이런 비정상적이거나 특수한 상황을 '이레귤러 비행'이라고 하는데, 이런 일은 사실 승무원에게도 흔한 일이 아니다. 다만, 하필 사직 서류 받아온 날 사무장 체크 비행에 회항하는 일까지 벌어지는 건 머선 일? '혹시 티웨이가 나 그만두지 말라고 매달리는 건가! 구질구질하게!?'

이별은 쿨하게 합시다, 거참!

빙빙 도는 공중 선회, 고어라운드

고어라운드 Go Around 가 결정되는 건 보통 날씨가 안 좋아 시야 확보가 안 될 때가 가장 많다.

이 때문에 운항 승무원은 단계별로 시정을 확인할 수 있는 자격을 취득하는데, 높은 등급을 딸수록 안개와 비가 많이 내리는 저시정 상황에서도 운항이 가능한 조종 자격을 부여받는다. 또 바람이 너무 세서 비행기가 내리지 못하는 경우도 있다. 그럴 때도 고어라운드를 하여 바람의 세기가 이륙이 가능할 만큼 가라앉을 때까지 기다리기도 한다.

그 외 다른 비행기에 위급 상황이 생겨(환자나 버드스트라이크, 엔진 페일 등) 긴급 착륙을 해야 하는 경우, 자리를 비켜줘 먼저 착륙할 수 있도록 하기 위해 잠시 공중을 선회하기도 한다.

이번 에피소드에 나온 것처럼 먼저 내린 비행기에 문제가 생기거나 활주로에서 사고가 생겨 할당된 활주로를 이용할 수 없는 경우, 자연스럽게 다른 활주로로 비행기들이 몰리게 돼 순차적으로 착륙하기 위해 고어라운드를 하기도 한다.

하늘을 나는 쥐포 장인
(feat. 쥐포 한 장 받고, 두 장 더!)

승무원은 해외로 나갈 일이 많다 보니 자신만의 기념품 컬렉션을 가지고 있는 사람들이 많다. 나는? 먹고 죽은 귀신이 때깔도 좋다고, 예쁜 쓰레기가 될 기념품보다는 먹거리에 집중하는 스타일이다.

베트남 다낭에서 돌아올 때도 쥐포, 캐슈넛 등 먹을 것만 이것저것 사서 기내에 올랐다. 그리고 쉬는 시간, 이제부터 나의 설레고 행복한 시간이 시작된다. 기내에 있는 포일로 쥐포를 한 장씩 감싼 뒤 오븐에 넣고 딱 10분 돌린다. 쥐포가 맛있게 구워지는 동안, 다낭의 유명한 '콩카페' 메뉴인 코코넛 커피를 나만의 제조법으로 만든다.

코코넛 커피 한 사발 들이키며 잘 구워진 쥐포를 뜯으면 그동안 받은 스트레스가 다 풀리고, 심지어 행복한 기분까지 든다(물론, 기분은 역시 기분일 뿐… 그냥 느낌적인 느낌일 뿐…). 이런 행복한 기분은 함께할 때 더 커지니까(나는 착하니까ㅎㅎ), 캐슈넛 한 팩과 막 구운 쥐포 네 개, 코코넛 커피 두 잔을 들고 조종실로 간다. 그러고는 기장님들에게 생색이란 생색은 다 내며 드리는 게 나의 코스. 그날도 그렇게 행복감을 느끼고 있는데, 화장실에 가기 위해 조종실에서 나온 기장님과 눈이 마주쳤다.

"쥐포가 정말 맛있네요."

"구운 거 조금 더 드릴까요?"

"우리 부기장도 정말 맛있다는데, 하나만 더 부탁해요."

그날 나는 하늘을 나는 쥐포 장인이 돼 수많은 쥐포를 구웠고, 그 뒤 쥐포 승무원으로 불리게 됐다고 한다. 내가 퇴사한 뒤, 동료 승무원에게 기장님이 쥐포 승무원을 찾으셨다던데….

기장님, 기회가 있다면 하늘이 아닌 지상에서 쥐포 한 마리 제대로 구워드리겠습니다!ㅎㅎ

다낭의 유명한 콩카페의 코코넛 커피를 먹고
그 맛을 잊지 못해 흉내낸 커피 제조법

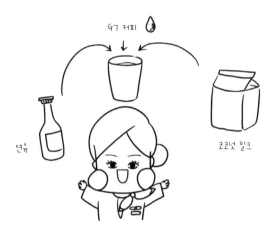

재료: G7 커피, 연유, 코코넛밀크, 얼음

1. G7 커피를 에스프레소처럼 아주 진하게 탄다.

2. 그 위에 연유와 코코넛밀크를 넣는다.

3. 얼음까지 넣어주면 간단하게 완성!

웰컴 투 정직원 월드!

후배 B의 첫인상은 다소 차가웠다. B와 함께한 첫 비행에서 B가 입사한 지 얼마 안 된 신입 승무원이며, 차가운 첫인상과 달리 참 괜찮은 사람이라는 걸 알게 됐다. 그 뒤로  종종 같이 비행할 때마다 우리는 이런저런 이야기를 나누는 사이가 됐다.

"B야, 요즘 비행하면서 힘든 건 없어?"

"그게, 입사한 지 1년이나 됐는데 할수록 오히려 더 모르겠습니다. 바로 전 비행에서도 사무장님께 엄청 혼났습니다. 아직도 많이 부족한 것 같아요."

"나도 그랬어. 의욕만 앞서서 너무 많은 걸 하려고 했던 것 같아. 초반에 에너지를 많이 쏟으면 지쳐서 나중에 오래 비행할 수 없으니까, 마음의 여유를 갖자. 내가 딱 그래. 초반에 에너지를 다 써서 지금 그만두고 싶다. 이거 참."

"선배님, 그만두지 마십시오. 선배님은 오래오래 다니세요."

B의 고민을 들어주려 했던 건데, 내가 어리광을 부리며 주책을 떨고 말았다. B처럼 입사 1년 차가 되면 여러 가지 생각이 든다. 매뉴얼은 제법 몸에 익었지만 오히려 선배들과 승객들을 상대하는 건 더 힘들어지는 시기, 딱 그런 때이기 때문이다. 모든 일이 산 넘어 산처럼 느껴져 막막한 기분이 들고, 승무원이 적성에 맞긴 한 건지 되짚어 보게 된다. 그렇게 매일 자괴감에 시달리며 슬럼프에 빠지기 딱 좋은 시기가 입사 1년 차다.

퇴사를 앞두고 B와 함께한 마지막 비행 스케줄은 내 생일이기도 했다. 목적지에 도착해 호텔에서 쉬고 있는데, 누군가 찾아왔다. 문을 여니 문 앞에 있던 B가 내게 선물과 편지를 안겨주고 재빨리 사라졌다. 생일을 알려준 적이 없으니, 승무원들의 인적 사항이 적힌 출입국 서류에서 내 생일을 본 게 분명하다.

B가 쓴 편지에는 비행 내내 잘 챙겨줘서 고맙다는 말과 함께 내가

해준 말에 위안을 얻고, 나 같은 선배가 되고 싶다고 적혀있었다. 그러고는 '저는 쑥스러워서 내일 화장실에서 이착륙해야겠습니다.'라고 추신까지 달아놓은 귀여운 B.

그런 B가 인턴 기간을 무사히 보내고 정직원 전환을 앞뒀다길래, 나도 고마운 마음을 담아 축하해주고 싶었다. '사원'이라고 크게 적힌 노란색 배지를 준비하고, 비행 때 가지고 다니는 플라이트 백에 걸어둘 네임택도 주문해 B의 이름과 연락처를 새겨넣었다. 물론 편지도 썼다.

'지금 잘하고 있는 거 맞아. 사실 나는 아직도 잘하고 있는 건지 매번 고민하며 여전히 선배님에게 고민을 털어놓곤 해. 그런데 만약 다른 후배가 나에게 '선배님, 저 잘하고 있는지 모르겠습니다'라고 말한다면 'B 씨만큼만 하시면 됩니다'라고 말할게. 사원이 된 걸 진심으로 축하해!'

B가 승무원 생활을 하는 동안, 이렇게 그녀에게 진심으로 축하의 마음을 가진 동료가 있었다는 기억이 늘 함께하길 바란다.

아, 알고는 있지만, 역시, 나 좀 멋있네. ㅎㅎ

성시경 기장님

저비용 항공사들이 막 생기기 시작할 무렵, 대형 항공사에서 오래 근무한 분들이 회사를 옮기는 경우가 많았다. 티웨이도 마찬가지였다. 그런데 그런 분들 중에는 고집이 강하거나 옛날 방식만을 고수하시는 경우가 종종 있어서 젊은 승무원들 사이에서 함께 일하기 힘들다는 볼멘소리가 나오곤 했다.

하지만 나, 김연실이 누구던가. 고집으로는 둘째가라면 서러우실 아부지의 딸로 태어나, 날 때부터 고집에 단련된 인간이지 않던가. 나는 나이 많은 기장님들에게도 겁 없이 농담을 건네고, 심지어는 기장님과 승무원들 사이에 감도는 숨 막히는 분위기를 깨트리는 걸 즐기기까지 했다.

하루는 활주로에서 이륙 대기 중이던 비행기에서 기장님이 기내 방송을 하셨다.

"티웨이 가족 여러분, 현재 활주로에 이륙 대기 중인 항공기가 많아, 잠시 대기할 것으로 보입니다. 우리 항공편의 이륙 순서는 세 번째로, 약 6분이 소요될 것으로 예상합니다. 감사합니다."

드디어 이륙을 하고, 얼마 지나지 않아 '띵동!' 기장님으로부터 콜이 왔다.

"예, 기장님."

"사무장, 방 치지직…. 어땠 치지지지직…."

기내에서 발생하는 기본 소음은 약 80데시벨이다. 여름철 매미 소리가 70~90데시벨이니, 80데시벨이면 비행을 하는 내내 매미 소리를 듣는 것과 같다고 보면 된다. 그래서 종종 승무원 간의 대화나 안내 방송 시 사용하는 인터폰으로 소통을 할 때, 잘 들리지 않는 경우가 있다.

"네? 잘 안 들립니다. 다시 말씀해주십시오, 기장님."

"방송 어땠나?"

"방송 상태 좋았습니다. 아주 잘 들렸습니다."

"내 목소리는 어땠나?"

방송 상태를 물어보시며 진지하게 농담을 던지시는 기장님의 장난에 나도 능청스럽게 대꾸했다.

"아, 기장님 목소리요? 크으~ 완전 장난 아니셨죠. 저는 성시경이 방송하는 줄 알았잖아요. 너무 감미로워서! 어!?? 잠깐!! 아, 저 고막 사라진 거 같습니다. …기장님 목소리 듣고 녹아서. ㅋㅋㅋ"

"그래, 알겠어."

기장님은 만족스럽다는 말투로 대답하셨다. 그래서 나도 감미롭게 말했다.

"기장님, 잘 자요~"

아무도 못 말리는 비행기 지연

자동차도 사고 방지를 위해 일정 거리를 유지하듯, 비행기도 분리 간격 (약 10마일, 16킬로미터)을 두고 이륙해야 한다.

이륙 지연은 자주 있는 일인데, 그 이유는 다양하다. 가장 많은 빈도로 일어나는 지연은 전편의 지연으로 다음 연결편까지 지연되는 경우다. 두 번째는 이착륙하는 항공기가 많아 분리 간격을 지키느라 대기하는 경우다.

만약 자신이 탄 비행기 앞으로 줄줄이 비행기가 줄 서있다면 한 비행기당 약 3~4분 정도의 시간을 잡아 계산하면 자신이 탑승한 비행기가 이륙까지 몇 분 정도 남았는지 대충 계산이 나온다.

참고로 인천 공항에서는 저녁 6~9시 타임에 이륙하는 비행기가 제일 많이 지연이 발생한다는 사실!

공포의 리튬 배터리

기내에서 리튬 배터리가 폭발하는 사고가 연일 화제였던 때가 있었다. 특히 막 출시돼 인기를 끌고 있던 S사의 핸드폰이 문제였다. 그래서 한시적으로 해당 핸드폰의 기내 소지가 금지됐다. 사실 리튬 배터리로 인한 폭발 및 화재는 핸드폰보다 노트북에서 발생할 확률이 더 높은데, 이 S사에서 갓 출시된 핸드폰은 노트북보다 발화가 잦아 다음과 같은 새로운 규정이 만들어진 것이다.

1. 기내 반입 불가

2. 리퍼를 받은 경우에 한해 기내 반입 허용. 단, 비행 중 전원은 꺼둔다.

하루는 제주로 가는 비행 중 한 승객이 문제의 핸드폰으로 스포츠 영상을 보고 있는 모습을 발견했다.

"손님, 죄송합니다만, 기내에서 이 기종의 핸드폰은 사용이 어렵습니다."

"제 핸드폰은 리퍼 받은 건데요?"

"리퍼를 받았더라도 비행 중에는 전원을 끄셔야 합니다."

"네."

승객이 전원을 끄는 것까지 확인하는 게 맞지만, 옆에서 강요하듯 지켜보고 있을 수만도 없기에 승객의 대답을 믿고 자리를 떴다. 그.런.데. 다시 복도를 지나가며 보니 전원을 끄지 않고 여전히 핸드폰으로 영상을 보고 있는 게 아닌가.

하…, 우리 승객님, 말 좀 듣자 말 좀! 나는 2차 응대를 했다.

"손님, 핸드…."

"아, 알겠다고요!"

내가 말을 채 시작 하기도 전에 승객은 짜증을 내며 핸드폰을 종료시켰다. 하지만 나는 여전히 마음이 놓이지 않아 기장님께 문제기종의 핸드폰을 사용하는 승객이 있다는 보고와 함께 매뉴얼에 따른 응대 상황도 함께 보고드렸다. 기장님은 한 번 더 같은 상황이 발생하면 경찰에 인계하라는 지시를 하셨다.

다행히도 그런 상황까지는 오지 않았다. 물론 '설마 내 핸드폰에서 불이 나겠어?' 싶을 수도 있다. 하지만 안전사고는 정말 한순간의 방심에서 비롯된다. 특히 이런 비행기에서는 '나 하나쯤'이라는 생각이 대형 사고로 이어져 수백 명의 인명 손실로 이어질 수 있다.

비행을 하며 승무원으로서 난처할 때가 바로 이처럼 안전과 서비스 사이의 기로에 놓일 때다. 서비스나 승객의 기분을 우선해 후속 응대를 하지 않았다가 사고가 발생하면 안전에 대한 책임을 다하지 못했음에 괴로울 것이다. 반대로 이번처럼 단호한 대응이 가능했던 것은 안전을 위하는 내 뜻을 함께 해주는 이들이 내 뒤에 있었기 때문이다.

이게 바로 '우리 엄마 아빠 누군지 알아? 까불지 마!' 아니겠는가.

애(愛)로 사항(feat. 선녀와 나무꾼)

　　승무원도 여느 직장인들처럼 힘든 점이 수도 없이 많지만, 여느 직장인과 다르게 힘든 점이 있다면 연인과의 연락이 쉽지 않다는 것이다. 나 또한 마찬가지였다. 비행 스케줄이 있는 날에는 이륙과 동시에 핸드폰 연결이 끊기니 짧게는 1시간, 길게는 10시간 동안 연락을 하지 못하는 경우도 있었다. 해외에서도 와이파이가 터지는 곳에서나 겨우 연락할 수 있었다.

　　남자친구는 이런 상황을 머리로는 이해하면서도, 막상 겪을 때마다 힘들어했다. 그러다 보니 서로 투정도 부리고 보채기도 하며 감정 소모가 생겼고, 이러지도 저러지도 못하는 상황 속에서 마음만 애닳는 상황이 계속됐다. 연락 여부와 관계없이 남자친구와 내가 같은 시간, 같은 공간에 함께 있지 못한다는 자체만으로 가슴 아픈 시절도 있었다. 어느 날인가, 문득 남자친구가 이렇게 말했다.

"너는 선녀 같아."

"왜? 예뻐서?ㅋㅋㅋ"

"아니. 너는 선녀처럼 옷 입고 하늘로 가버리잖아."

"아 뭐야, 나는 예뻐서 선녀라는 줄 알았네."

"나중에 결혼해서 애가 엄마는 뭐 하는 사람이냐고 물으면 선녀라고 해야겠다. 동화책에 나오듯이 옷 입고 잠시 하늘 위에 있는 집에 다녀와야 한다고."

크으~ 로맨틱하죠? 인사하세요. 제 전전전남친입니다.

**아,

'자니?'ㅋㅋㅋ

비행 소녀는 이만 물러가옵니다

티웨이를 다니며 해보고 싶은 것들이 참 많았다. 마치 내가 회사고, 회사가 나인 것처럼 회사가 잘되면 내가 잘되는 것 같았고, 회사가 힘들면 내가 힘든 것 같았다. 첫 회사였기에 첫사랑을 잃는 것 같았다. 하지만 회사를 향한 애정이 컸던 만큼 실망도 컸고, 그런 과정들 속에서 마음이 많이 다쳤던 것 같다. 그래서 나는 퇴사를 결심했다.

퇴사를 한 달 앞둔 어느 날, 내 퇴사 소식을 들은 C 선배가 나에게 잠시 보자고 했다. 이 선배님으로 말할 거 같으면, 잘못하면 아주 따끔하게 혼을 내는 무서운 호랑이 선배님이나, 그 속에 너무나 따뜻한 마음을 가진 그런 분이었다. 명백히 내 잘못으로 혼나는 건데도 혼을 내고 나면 꼭 어깨를 토닥이며 이렇게 말씀해주시곤 했다.

"연실 씨, 애정이 있으니까 이렇게 잔소리도 하면서 알려주는 거야. 다음에 비행 나오면 더 잘하자. 알겠지?"

이 '다정한 호랑이 선배님'은 내 승무원 생활 속에서 버팀목 같은 존재였다. 그런 분의 호출에 잔뜩 긴장하며 브리핑실로 들어갔는데, 나를 보자마자 대뜸 손을 꼭 잡으며 퇴사 소식과 앞으로의 계획에 대해 묻고는 따뜻한 말씀을 해주셨다.

"연실 씨, 그동안 잘 해냈어. 나도 회사 다니면서 내 뜻대로 되지 않은 것들이 너무 많았거든. 근데 그것도 시간이 지날수록 무뎌지더라고. 그래도 연실 씨는 이제 사직하기로 했으니까, 힘들었던 건 다 잊고 잘 지내."

그렇게 선배님과 먹먹한 대화를 나눈 뒤, 일본 나리타로 향하는 왕복 비행 스케줄에 갔다. 나리타에는 주재하는 티웨이 정비사가 없어서 한국에서 정비사를 태우고 가는데, 마침 그날은 같은 사번의 정비사가 함께했다. 작고 귀여웠던ㅎㅎ 회사의 어려운 시절을 함께 보낸 우리는 쉬는 시간 내내 '그땐 그랬지' 하며 라떼 토크를 신나게 하고 있었다.

그런데 갑자기 사무장님이 커피 기계를 점검해달라며 정비사님을 데려갔다. 그러고는 잠시 뒤, 정비사님이 돌아와 전방 갤리에 막내 승무원이 쓰러져 있다고 나더러 가봐야 할 것 같단다.

ㅎㅎㅎㅎㅎㅎㅎ 냄새가 나, 냄새가. 어색하고 수상한 냄새가 나…. 매우 미심쩍었지만 나는 전방 갤리로 향했다. 그랬더니 정말 막내 승무원이 담요를 깔고 누워있는 게 아닌가. 비행하다 보면 쓰러진 사람들을 많이 보기 때문에 나는 침착하게 손을 만지며 상태를 확인했다.

"막내는 갑자기 어디가 아프답니까, 사무장님?"

"배가 너무 아프대."

그 순간,

"ㅋㅋㅋ 퇴사 축하합니다! 서프라이즈!"

아까 정비사님이 가봐야 할 것 같다고 어색하게 말할 때부터 이상한 기운이 넘쳤는데,

세상에. 내가 생각한 것 이상으로 다들 연기가 너무나 발연기. ㅋ

ㅋㅋㅋㅋ 그래도 언제 이런 걸 다 준비했는지, 그 마음이 너무나 감사했다. 이런 따뜻한 축하와 응원을 다 받는 걸 보니 나의 비행 생활이 헛되지는 않았던 것 같다.

그래, 잘 해냈다! 김연실!

ㄴr는 ㄱr끔 눈물을 흘린ㄷr

　나의 마지막 비행은 2017년 10월 30일, 김포로 들어오는 국내선 마지막 비행기였다. 같이 비행한 동료들이 편지와 선물, 꽃다발 등을 주며 축하해줬지만, 정작 당사자인 나는 실감도 나지 않고 얼떨떨했다.

　'내가 정말로 퇴사를 하긴 하는 걸까? 이 선물들을 받아도 되는 걸까?'

　그렇게 마지막 비행을 마치고 싱숭생숭한 마음으로 버스 정류장으로 향하는데 난데없이 친한 동기와 후배가 달려들었다. 가뜩이나 늦은 시간, 진짜 심장이 붙어있는 게 용할 정도로 놀라 자빠질 뻔했다. 동기와 후배는 꽃다발과 케이크를 들고 나에게 마지막 인사를 하기 위해 늦은 시간까지 일부러 기다리고 있었던 거다. 동기가 그

동안 고생했다고 하는데 그 순간, 'ㄴr는 ㄱr끔 눈물을 흘린ㄷr' 그동안 나지 않던 눈물이 후두둑 떨어지고 난리. 쪽팔리게.ㅜㅜ

승무원 생활을 하는 동안 모든 게 다 힘들게만 느껴졌다. 불안정한 것투성이었고, 내 것이라고 부를 수 있는 게 단 하나도 없는 것처럼 느껴졌다. 불규칙한 생활, 매 비행마다 바뀌는 동료들, 긴장의 연속인 업무 환경, 낯선 타지에서의 건조하고 까슬까슬한 잠자리, 떠돌이처럼 끌고 다니는 짐 가방, 가족 모임이나 친구 모임에 참석하지 못해 느꼈던 사회적 고립감… 이렇게 싫은 것들에서 드디어 해방인데 왜 갑자기 눈물이 났을까?

아마도 같이 입사해 함께 고생한 동기에게 고생했다는 말을 들으

니 시원섭섭한 마음과 함께 큰 위로를 받았던 것 같다. 나는 우리 회사와 승무원이라는 직업을 정말 사랑했지만, 몸서리치게 싫기도 했다. 애증의 관계라고 하는 게 맞을 거 같다. 하지만 역시 애정이 더 컸나 보다.

꼬장꼬장했지만 많은 정을 주신 기장님들, 언니처럼 챙겨주시던 선배님들, 함께 웃고 울었던 동기들, 나에게 의지하며 무한한 신뢰를 보여준 후배들, 나를 딸처럼 친구처럼 언니처럼 누나처럼 동생처럼 대해주신 많은 승객분들, 늘 밝게 웃어주던 공항 직원분들, '나'라는 사람에 집중할 수 있게 해준 혼자만의 시간, 쉬는 시간에 갤리에서 떨던 수다, 낯선 도시에서 처음 맛보는 달콤한 과일, 해변에 앉아 바라본 눈부신 석양 등 지난 5년 동안 겪었던 수많은 사람과 일이 주마등처럼 지나갔다.

이제 그 모든 것을 뒤로하고 떠난다. 승무원으로 생활한 5년은, 새롭고 무서웠던 모든 경험을 '도전'이라는 단어 안에 꾹꾹 넣어뒀던 날들이었다. 새로워서 좋았지만, 무서워서 힘들었다. 당당하고 괜찮은 척하기도 했고 웃으며 능청스럽게 넘기기도 했지만, 사실 나는 괜찮지 않았다. 그래서 결심했다. 그동안 타인을 위해 열심히 살았으니 이제는 나를 위해 열심히 살자고. 여러 감정이 섞여 흐르는 눈물을 닦으며 마지막 퇴근을 했다.

> 연실에게
>
> 당신의 일 하나하나는 안개꽃과 같아서
> 지금은 아무렇지 않아도,
> 결국에 모아보면 하나의 아리따운
> 꽃다발과 같겠지요.

　퇴사하며 받은 편지 내용 중 한 구절이다. 지금까지의 일들이 하나하나 모여 아리따운 꽃다발이 된 것처럼, 앞으로 겪게 될 일들도 하나하나 모여 언젠가 또 하나의 꽃다발이 되리라.

경험해보지 않으면
알 수 없는 것들

5년이라는 승무원 생활 동안 나와 함께한 손때 묻은 나의 CCOM
^{승무원 업무 매뉴얼}, CCAM^{승무원 방송 매뉴얼}, ID카드, 승무원 등록증, 매뉴얼 케이스는 그동안의 시간을 말해주듯이 상처로 가득했다.

2013년, 입사할 당시 티웨이 항공사는 지금과 비교하면 무척 작은 회사였다. 그때는 서비스 매뉴얼도, 표준화된 교재도 없었기 때문에 교관님이 전부 교재를 인쇄하고 복사해서 교육생들에게 나눠주셨다.

어느 날, 아빠가 물었다.

"너네는 비행기가 몇 대냐?"

"응? 우리 5대."

"야, 너네는 귀엽다."

맞다. 우리 회사는 너무 귀여웠다. 그랬던 티웨이의 비행기 수가 이제는 20대가 훌쩍 넘는다. 회사가 커가며 유니폼, 매뉴얼 방식 등 많은 것이 바뀌었고 모르는 직원들도 많아졌다.

처음 내 비행 생활에 대한 글을 써달라는 연락을 받았을 때, 많은 일이 머릿속에서 스쳐 지나갔다. 날씨나 항공기 정비로 목적지까지 가지 못하고 출발지로 회항했던 일, 3~4시간 이상씩 지연되는 헤비 딜레이, 새와 충돌하는 버드 스트라이크, 갑자기 비행기에서 내리겠다고 고집부리던 승객, 케이지에서 탈출한 고양이를 잡으러 뛰어다녔던 일까지.

돌이켜 생각해보면 힘들기도 했지만, 얻은 것들이 더 많았다. 사랑하는 동료들, 나를 맑게 쳐다보던 아이의 눈빛, 고생했다고 잡아주시던 마음 따뜻한 어머니들과 무거운 짐을 아무 말 없이 대신 올려주시던 아버지들의 손길….

이렇게 승무원 생활은 해보지 않으면 알 수 없는 값진 경험들을 내게 선물로 줬다. 그 값진 경험들이 이 책을 통해 조금이나마 전달돼, 겉으로 보이는 모습으로만 승무원을 판단하는 게 아니라 좀 더 따뜻하고 친근하게 느끼고 바라볼 수 있게 되길 바란다.

그리고 나 같이 어느 똘끼 충만한 승무원이 있었다는 것 또한 알아주시길. ㅎㅎ

전직 승무원이 밝히는 승무원의 속마음
좋은 점 vs 나쁜 점

"그 좋은 직장을 왜 그만두셨어요?"

다른 분들과 대화하다가 내가 전직 승무원이었다는 것을 알게 되면 가장 많이 돌아오는 질문이다. 나도 퇴사한 지 2년이나 지났기 때문에 '어디서부터 말씀드려야 할까'하고 고민했던 시간이 꽤 길었다. 만약 퇴사한 지 얼마 되지 않았다면, 업무의 연장선에 있는 느낌 때문에 주관적인 감정이 많이 개입됐겠지만, 지금은 나름대로 객관적인 시선을 유지할 수 있겠다고 생각하며 정리해봤다.

1. 스케줄 근무

좋은 점: 평일에 쉬는 날이면 '9 to 6' 직장에 있어야 하는 직장인

들과 달리 고요한 평일을 즐길 수 있다. 그 자체로 여유를 즐기거나 여행을 가도 저렴하게 갈 수 있다. 또 쉬는 날이면 사람들로 가득 차는 맛집이나 평소 가고 싶었던 곳도 한산함 속에 다녀올 수 있다.

나쁜 점: 계속해서 시간이 바뀌는 스케줄 근무는 일단 체력적으로 무척 힘들다. 밤샘 비행이나 시차로 인해 생활 리듬이 깨지는데, 그런 이유로 스케줄 근무를 선호하지 않는 사람도 있다. 또, 근무 특성상 공휴일이 없다고 느껴진다. 그래서 꼭 남들 쉴 때 일하는 것처럼 느껴진다. 마지막으로 직장인들처럼 휴가 사용이 자유롭지 않다. 근무 특성상 스케줄이 나오기 전에 연차 휴가를 제출해서 승인받아야 하는 시스템이라, 원하는 날에 무조건 쉴 수 있다는 보장이 없다.

2. 추가 업무

좋은 점: 비행기가 목적지에 도착하면 업무가 종료된다. 크게 비정상적인 상황이 발생하지 않는 이상, 퇴근과 동시에 잔여 업무 없이 그대로 그날 업무는 끝이다. 사무장 직급부터는 별도의 보고 업무가 발생하기도 하지만, 그만큼의 추가 근무 수당이 부여된다.

나쁜 점: 천재지변과 같은 사유로 비행기가 지연되면 업무도 함께 연장된다. 말 그대로 '비행이 끝나'야 업무도 끝난다. 이거야 말로 끝날 때까지 끝나는 게 아닌 거다. 항공사마다 기준이 다를 수 있겠지만, 출근과 관계없이 비행기의 이착륙이 완료돼야 월급의 중요 부분인 '비행 수당'이 책정된다.

3. 해외 체류

좋은 점: 업무 특성상 다양하게 해외를 여행할 수 있다. 다른 문화를 접하고 다양한 사람들을 만나면서 그만큼 시야도 넓어진다. 해외에 나가 있는 동안은 여행자로서 오로지 '나'라는 사람에 집중할 수 있는 시간을 가질 수 있다.

나쁜 점: 혼자만의 시간을 즐기지 못하거나 낯선 곳에서의 시간이 힘들다면, 해외에 있는 시간을 고립된 시간이라고 느낄 수 있다. 또한, 팀원과의 비행 시 단체 생활을 해야 하는 경우가 있어 업무의 연장선으로 느낄 수 있다.

4. 회식

좋은 점: 항공사마다 분위기가 다를 수 있으나, 티웨이는 매일 팀이 바뀌기 때문에 회식이 잦지 않았다. 있다 하더라도 강압적인 참여를 요구하지 않는 사내 분위기라, 마음 맞는 동료들과 함께 좋은 시간을 보낼 수 있다.

나쁜 점: 나에게는 좋은 점이 나쁜 점이었다. 나는 회식을 좋아하니까!

5. 우대 항공권

좋은 점: 항공사마다 규정이 다르게 책정되지만, 보통 최대 90% 할인된 가격으로 항공권을 예약할 수 있는 우대 항공권이 있다. 비행기 출발 시점까지 팔리지 않은 잔여석을 예약할 수 있다. 직원의 부모와 형제, 자매까지 같은 혜택을 누릴 수 있다.

나쁜 점: 우대 항공권은 확정 예약이 아닌 스탠바이 티켓으로, 좌석의 비행기에 빈 좌석이 있어야지만 탑승할 수 있다. 만석일 경우,

여행 일정을 미리 준비해놔도 비행기에 탑승하지 못하고 집으로 돌아가는 일이 생길 수 있다. 이렇게 자유로운 항공권이 아니기에 성수기에는 결코 사용이 쉽지 않다.

6. 대우

좋은 점: 안전과 편의를 위한 서비스를 제공하기에 고스펙자가 아니라도 도전할 수 있는 직업이다. 입사 후에는 학벌보다 업무 처리 능력이나 팀 내 평가, 그리고 회사 생활 및 참여도로 평가를 받으며 차별 없이 근무할 수 있다. 또한, 기본 월급 외에 수당이 높다는 장점이 있다.

나쁜 점: 평가 기준으로 고객 불만에 관한 처리나 고객에게 받는 칭송 카드 등이 있으나, 객관적으로 수치화된 평가라기엔 다소 무리가 있고, 팀 내 평가가 곧 업무처리 능력으로 좌우되기 때문에 다소 주관적인 평가일 수 있다.

좋은 점: 육아 휴직에 따른 경력 단절이 오지 않는 직업이다. 휴직 후 복직하는 것을 반기는 분위기로, 육아 및 가사 노동이 병행 가능한 환경만 된다면 본인의 커리어를 계속해서 가져갈 수 있다.

나쁜 점: 당일 퇴근하면 문제가 없겠지만, 해외 체류하는 스케줄의 경우, 집을 비워야 하기 때문에 육아 및 가사 노동 시 가족의 도움이 필요할 수 있다. 이를 이유로 일을 그만두는 승무원이 적잖다.

그래도 승무원으로서 가장 큰 좋은 점이 있다.

바로 '그래도 비행이 재밌긴 하다'는 것!

지은이 김연실(연티리쌤)

약 5년간의 비행을 마치고 지금은 학생들의 취업 멘토링을 하며,
글도 쓰고 그림도 그리는 N잡러입니다.

인스타그램 @yeontirii

비행 뒤에 숨겨진 비밀스러운 이야기

승무원 일기

© 김연실 2021

초판 1쇄 인쇄 2022년 8월 1일
초판 1쇄 발행 2022년 8월 15일

글·그림 김연실(언티리벨)

펴낸이 노지훈

편집 김사랑

펴낸곳 언제나북스

출판등록 2020. 5. 4. 제 25100-2020-000027호

주소 22656 인천시 서구 대촌로 26, 104-1503

전화 070-7670-0052

팩스 032-275-0051

전자우편 always_books@naver.com

블로그 blog.naver.com/always_books

인스타그램 @always.boooks

ISBN 979-11-970729-9-4

언제나북스는 여러분의 소중한 이야기를 기다립니다. 전자우편(always_books@naver.com)으로 원고를 보내주세요.

언제나 읽고 싶은 책을 만들기 위해 노력합니다.

승무원 일기